괴수 8호

밀착! 제3부대

Naoya Matsumoto ✕ **Keiji Ando**

괴수8호 밀착! 제3부대

괴수 발생률이 세계에서도 손에 꼽히는 일본.
그런 이 나라에서 괴수 토벌을 책임지고 있는 일본 방위대.
카프카 등이 소속된 제3부대에 다큐멘터리를 찍기 위한
밀착 취재 요청이 들어온다.
카프카는 과연 카메라 앞에서 끝까지 정체를 숨길 수 있을 것인가──?!

 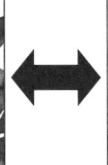 

괴수 8호 ↔ 히비노 카프카

일본 방위대 제3부대 소속 후보생. 알 수 없는 생물에 의해 신체를 괴수화할 수 있게 되었다.

호시나 소우시로

일본 방위대 제3부대 부대장.
도검의 스페셜리스트.

아시로 미나

일본 방위대 제3부대 대장.
카프카의 소꿉친구.

【일본 방위대 제3부대 대원】

시노미야 키코루

이치카와 레노

카구라기 아오이

후루하시 이하루

이즈모 하루이치

이가라시 하쿠아

미나세 아카리

오코노기 코노미

괴수8호 밀착! 제3부대

CONTENTS

- 오프닝 ——— 9
- CHAPTER 1 신입·이치카와 레노 ——— 23
- CHAPTER 2 신입·시노미야 키코루 ——— 65
- CHAPTER 3 부대장·호시나 소우시로 ——— 117
- CHAPTER 4 후보생·히비노 카프카 ——— 171
- 스탭롤 ——— 239

OPENING

오프닝

오후 9시가 지난 시각. 지나가는 차도 적어진 번화가의 보도를 젊은이 여럿이 줄지어 걸어가고 있었다. 얼핏 보면 대학생 무리 같지만, 주의 깊게 관찰하면 남녀 모두 탄탄한 근육이 자리 잡고 있어 몸을 단련한 자들이란 걸 알 수 있다.

타치카와 기지 제3부대――이곳 타치카와 시에 거점을 둔 방위대의 신입들이다. 그들 중 다수가 10대에서 20대이기에 아직 풋풋함이 느껴진다. 하지만 대열의 가장 후미를 걷고 있는 남자는 그야말로 학생들을 인솔하는 교사와 같은 얼굴이었다. 금년도 방위대 최고령 신입 합격자――히비노 카프카 32세는 손으로 입가를 감싸 쥐었다. 얼굴은 새파랗고 걸음걸이는 휘청이는 채로.

"우웁……. 속이 안 좋아……."

그런 카프카를 부축하고 있는 것은 동료 청년 이치카와 레노.

"그래서 말했잖아요, 선배. 너무 많이 마셨다고요."

"음식이 맛있어서 그만……."

"마음에 든 것 같아 다행이야."

상쾌하게 웃으며 대답한 자는 이즈모 하루이치. 대 괴수 병기

제작 분야 국내 최대 기업의 도련님으로, 이번 회식의 총무를 맡았다.

지금부터 약 2주 전, 사가미하라에 초대형 균류계 괴수가 출현했다. 카프카와 신입들은 첫 임무로 이 토벌 작전에 투입되었다. 그러나 괴수 9호가 습격하여 신입 대원 중 레노와 후루하시 이하루 두 명이 부상을 당해 입원하게 되었고, 카프카와 신입들은 동기 두 사람의 퇴원을 기다렸다가 첫 임무의 뒤풀이 파티를 열었다. 술이 들어가서인지 분위기가 달아올라, 대원끼리 솔직한 의견을 주고받을 수 있었다.

"우웨엑……. 내일은 숙취가 올지도 모르겠어……."

카프카가 배를 문지르며 고통스럽게 신음했다. 괴수 해체업체에서 근무했을 때는 자기 전에 싸구려 술을 마시는 게 낙이었다. 다시 방위대를 목표하게 된 뒤로는 술과 담배를 자제하고 있던 것도 있어 상당히 약해져 있던 모양이다.

술기운이 다 빠지지 않아 빨갛게 달아오른 얼굴로 즐겁게 이야기를 나누는 대원들. 그런 그들을 바라보며 금빛 머리카락의 소녀──시노미야 키코루가 "흥" 하고 콧방귀를 뀌었다.

"하여간……. 하나같이 너무 취했잖아. 아직도 학생 기분에서 빠져나오지 못한 거 아냐?"

키코루와 친한 동기 미나세 아카리가 다독이듯이 웃었다.

"하지만 키코룽, 방위대에 들어온 뒤로는 이런 기회가 없었잖아."

"아카리, 그건 그렇지만……."

"키코룽도 스물이 되면 같이 마시자."

낯간지럽다는 듯이 고개를 돌리는 키코루를 보고 아카리가 웃었다.

"그래. 미나세 말이 맞다."

키코루 일행의 뒤에서 칸사이 억양의 목소리가 들려왔다. 실눈을 뜬 호리호리한 체구의 남자――방위대 제3부대 부대장, 호시나 소우시로. 옆에는 동그란 안경을 쓴 작은 몸집의 오퍼레이터, 오코노기도 서 있었다.

"연차가 쌓일수록 바빠지거든. 동기들끼리 모여 이렇게 떠들썩하게 놀 수 있는 것도 지금뿐이야. 즐길 수 있을 때 즐겨 두라고."

호시나가 레노에게 기댄 채 늘어진 카프카의 등을 가볍게 찔렀다.

"뭐야, 카프카. 대답도 못 할 지경인가? 동네라도 한 바퀴 뛰고 올래?"

"으윽, 호시나 부대장님. 아무리 그래도 오늘 정도는 참아 주십쇼……!"

"농담이야, 농담. 내일로 미뤄줄게."

"진심이시잖아요!"

"그 정도는 다녀와야지. 히비노 카프카 정규 대원."

"……!"

 정규 대원이라는 말에 가슴이 뛰었다. 카프카는 입대 시험에서 슈트의 해방 전력이 0%가 나오기도 했기 때문에, 여태까지 후보생 대우를 받았다. 하지만 사가미하라에서 거둔 공적을 높게 평가받아 회식 도중 정규 대원으로 인정한다는 통지를 받았다.

"내가 말해준 건 어디까지나 사전 통보야. 정식 임명은 아시로 대장님이 하실 거다."

"미나가……."

"성함을 함부로 부르지 말도록." 호시나가 카프카를 찔렀.

"당연한 소리지만, 정식 임명 때까진 아직 후보생 신분이다. 임명되기 전이면 취소도 있을 수 있고."

"조심하는 게 좋겠네. 그런 일이 벌어지면 차마 눈 뜨고 못 봐줄 테니까."

"알아. 걱정해 줘서 고맙다, 키코루."

"……딱히? 혹시 그렇게 되면 축하해 준 우리만 바보가 될 거 아냐."

카프카는 조용히 주먹을 쥐었다.
'하지만 드디어야.'
어렸을 때부터 품어 왔던 방위대원이 되겠다는 꿈. 한때는 포기했지만 레노를 만나 다시 목표로 삼았고, 오늘 드디어 그 꿈이 이루어졌다.
 일동은 주둔지를 향해 다리를 건넜다. 강 상류에서 한바탕 밤바람이 불어왔다. 바람이 습기를 띠고 있어 술기운에 달아오른 몸에는 약간 후덥지근했다.
"……어?"
 카프카는 저도 모르게 얼굴을 찌푸렸다. 밤바람에 독특한 향취가 배어 있었다. 이건——피와 살점이 풍기는 비린내다.
"이봐, 저거 봐!"
 앞서 걸어가던 이하루가 하천 부지를 가리켰다. 카프카 일행은 발을 멈추고 그쪽을 보았다.
 하천 부지 한구석에 바리케이드가 설치되어 있고, 중앙에 총 길이 2미터 정도 되는 거대한 물고기가 길게 드러누워 있었다. 평범한 물고기가 아니다. 마치 육식 동물 같은 탄탄한 사지가 돋아나 있다. 물고기는 배에 커다란 구멍이 뚫려 아무런 미동도 없었다.
"저건…… 어류계 괴수네요. 매매 예약이 끝났다는 테이프도

둘러져 있고요."

"그런 것 같네." 카프카는 레노의 말에 고개를 끄덕였다.

"얼마 뒤면 사체가 금방 부패하는 계절이니까. 어류계면 특히 더 그렇고."

어류계 괴수라면 카프카도 몇 번 해체해 본 경험이 있다. 썩은 괴수를 해체하는 작업은 다시 떠올리는 것만으로도 지옥과 같아서, 그 냄새가 콧속에서 다시 느껴지는 것 같았다. 이 괴수는 아마도 새벽녘이면 해체되어, 통근 시간이 되면 흔적도 남지 않을 것이다.

"하지만 아까 지날 때는 없었지?"

"조금 전에 민간인에게서 신고가 들어왔거든." 카프카의 물음에 호시나가 답했다. "다른 일로 근처에 있던 이카루가 소대에 대응을 지시했지. 포티튜드도 소규모였고 사상자는 한 명도 나오지 않았다."

"회식 중에 말입니까? 어느 틈에 그런——."

그리고 그제야 깨달았다. 그들 신입은 운동복 등 편한 복장으로 회식을 즐겼는데, 호시나와 오코노기는 회식이 한창인 와중에도 방위대 슈트를 입고 있었다는 걸.

'만에 하나의 사태가 벌어지면 언제든지 출격할 수 있도록 대비하고 있던 건가……!'

괴수 대국 일본——이 나라에 있어 괴수의 출현은 이미 일상이다. 괴수는 땅속, 산, 강, 호수, 하늘 방방곡곡에서 나타나 큰 피해를 초래한다.

 그 피해를 막는 것이 방위대원이다. 신입들은 실제로 현장에 출동하여 자신이 방위대원이라는 강한 자각이 싹트기 시작한 상태였다.

 물론 카프카도 그중 하나다. 하천 부지에 누워 있는 괴수. 지금까지 카프카는 해체업자로서 그것을 치우는 쪽 사람이었지만 지금은 다르다.

 '그래……. 아직은 꿈이 이루어진 게 아니야. 난 이제야 시작점에 선 거야.'

 카프카는 조용히 숨을 내쉬며 레노에게서 떨어졌다.

 "미안하다, 이치카와. 술기운이 슬슬 가시는 것 같아."

 "아니, 비틀거리고 있잖아요."

 "걱정하지 마. 괜찮…… 으아아!"

 말을 마칠 새도 없이 카프카의 다리가 엉켰다. 그대로 뒤통수를 강하게 부딪쳐 도로 위를 구를 뻔했지만, 어떻게든 버텨 상반신을 일으켰다.

 "으아, 아저씨. 방금 잘도 버텼네! 완전히 넘어지는 줄 알았는데."

"하하핫! 이나바우어 급으로 휘어졌지?"

카프카가 우쭐대며 말했지만, 다들 멀뚱할 뿐이었다.

"이나바우어가 뭔데?"라고 말하는 이하루.

"……글쎄?" 레노도 고개를 갸웃거렸다.

"아, 알아요. 피겨스케이팅이죠?" 아카리가 말했다.

"어라? 다들 반응이 왜 그래……?"

이나바우어 하면 카프카 세대에선 모르는 사람이 거의 없다. 하지만 모두의 반응을 보니 전혀 알아듣지 못한 사람이 많은 듯했다.

호시나가 팔짱을 끼고 숙연한 얼굴로 중얼거렸다.

"……카프카, 그건 이제 10대나 20대 초반이면 모르는 사람도 있어."

"네에?!"

스마트폰으로 검색해 본 키코루가 "흐음" 하고 고개를 끄덕였다.

"꽤 옛날 이야기네. 내가 태어났을 때쯤 일이잖아."

"태어났을 때?!"

아직 마음은 젊은 카프카였지만, 동기들 사이에선 가끔 세대 차이를 느낄 때가 있었다. 그리고 그럴 때면 괜시리 서글퍼지곤 했다.

방위대 청사 앞, 일동 앞에 선 호시나가 모두를 둘러보았다.
"수고했다. 내일부터는 평상시와 같은 훈련이 시작되니, 스위치를 확실하게 전환해 두도록. 이즈모, 오늘 비용은 교제비로 경비 처리할 테니 내일 내게 가져오고."
"감사합니다! 수고 많으셨습니다!"
카프카와 신입 일동이 호시나에게 고개를 숙였다.
"그래. 그리고 내일부터 TV 방송국 취재가 시작되니까 잘 부탁한다. 그럼 이만."
마지막에 호시나가 태연하게 덧붙인 말에 대원들은 할 말을 잃었다.
"엇, 잠시, 잠시 기다려 주십시오. ……TV요?"
그렇게 되묻는 카프카를 향해 호시나가 "응?" 하고 고개를 갸웃거렸다.
"뭐야. 연락 안 갔어?"
"분명 공지됐을 텐데요……." 옆에 있던 오코노기가 안경을 밀어 올리며 보충 설명을 했다. "공영 방송국의 특집 방송입니다. 주둔지 내에 취재팀이 들어와 여러분을 밀착 취재할 예정이에요."
"취재 기간은 현재로선 5일간. 그 기간에는 방송국 스태프가 부지 내를 돌아다니거나 훈련을 보러 오기도 할 거야. 물론 너희는 평소처럼 평범하게 조례를 하고, 훈련하고, 식사한 뒤에 취침하면 돼. 딱히 부담 가질 필요는 없어. ……물론 일단 세상에 공표되는 거니, 어처구니없는 추태를 보인다면 특별 훈련이라도 시킬까?"

히죽 험악하게 웃는 호시나를 보고 일동은 몸을 떨었다. 방위대의 훈련은 갈수록 가열되어가고 있어, 대수롭지 않은 일로도 추가 트레이닝이 부과되곤 했다.

해산하여 자신의 방으로 돌아가며 카프카는 생각했다.

'그나저나 TV 방송국이라.'

어렸을 때는 TV에 나오는 방위대의 활약에 가슴이 뛰었다. 하지만 어른이 된 뒤로는 '왜 내가 있는 곳은 저쪽이 아닐까'란 씁쓸한 마음을 품고 살았다. 그런 자신이 방위대의 이름을 달고 TV에 나오게 된다면 기쁜 일이다.

"좋아. 기합 넣고 가자!"

그렇게 홀로 파이팅 포즈를 취하고 있는데, 뒤에서 목소리가 들려왔다.

"선배, 잠깐 괜찮으세요?"

"음? 이치카와, 무슨 일이야?"

사람들 앞에서는 말하기 어려운 일이라도 있는 걸까? 레노와 카프카는 복도 벤치에 걸터앉았다.

"......선배, 아까 전에 저한테서 떨어지려고 하다가 넘어질 뻔 했잖아요."

"아, 그거?"

"실수로 부분 변신할 뻔했죠?"

"!"

철렁. 카프카의 심장이 뛰어올랐다. 세상을 떠들썩하게 만든 미토벌 괴수, 괴수 8호──그 정체가 히비노 카프카다. 그는 자신이 괴수로 변신할 수 있다는 걸 숨기고 있고, 그 사실을 아는 사람은 레노와 키코루 둘뿐이었다.

"당최 무슨 소린지......"

"할·뻔·했·죠?"

레노의 날카로운 추궁에 카프카의 시선이 정처 없이 떠돌았다. 어떤 말로 수습할지 생각해 봤지만, 레노의 진지한 눈빛 앞에 거짓말을 할 수는 없었다.

"뭐, 뭐어, 한순간은? 살짝 취한 상태라 반사적으로. 하지만 어떻게든 수습했으니까──."

"아앙? 어떻게든 수습했다고?"

레노가 크게 벌어진 눈으로 카프카를 희번덕 노려보았다.

"히익! 이, 이치카와 님......?!"

"조금 전에 부대장님 이야기 들으셨어요?! TV라고요, TV. 내일부터! 만에 하나라도 카메라 앞에서 정체를 들키면 어떻게 될지 아세요?!"

"아니! 이치카와, 날 조금 너무 얕보는 거 아니냐? 나도 변신 훈련을 했어! 어지간한 일이 아니면 변신을 하지 못하는 게 아닐까 싶을 정도라고!"

"취해서 변신할 뻔한 사람이 말해도 설득력 없어요!"

"맞아, 히비노 카프카."

장승처럼 우뚝 선 키코루가 카프카를 바라보고 있었다.

"훈련장이나 시가지와는 차원이 달라. 카메라 앞에서 변신해 버리면 아무리 우리라도 감싸줄 수 없어. 정규 대원 자격 박탈 정도가 아니야. 포획된 뒤에 처리 대상이 될 거라고."

"아, 알고 있다니까? 최근 훈련으로 차츰차츰 제어할 수 있게 됐어. 전처럼 재채기하다 나도 모르게 변신해 버리는 일도 없으니까!"

"당신, 재채기하다 변신했었단 말이야?!"

"그, 막 괴수가 됐을 때 이야기긴 한데."

헤헤……하고 부끄럽다는 듯이 머리를 긁적이는 카프카를 키코루가 진심으로 어이없어하는 눈으로 바라보았다.

"레노. 이 녀석, 정말로 괜찮은 거야?"

"그렇게 믿고 싶어……."

"걱정하지 마라, 이치카와! 키코루!" 카프카가 외쳤다. "드디어 정규 대원으로 인정받게 됐잖아? 그런 실수는 안 해!"

"…………."

레노와 키코루가 의심스럽다는 듯이 서로를 마주 보았다.

신입 방위대원 스물일곱 명과 후보생 한 명의 파란만장한 취재가 시작되려 하고 있었다.

CHAPTER 1

신입 · 이치카와 레노

1

 방위대원의 아침은 이르다. 오전 6시, 타치카와 기지 병영 내에 기상나팔 소리가 울렸다. 나팔 소리가 들린 순간, 레노는 침대에서 몸을 일으켰다. 커튼 사이로 부드러운 아침 햇살이 새어 들어왔다.
 '……병원이 아니야. 맞아. 방위대에 돌아왔었지.'
 기상 시간은 5분 이내. 레노는 재빨리 이불을 개었다. 곧바로 소대별 아침 조례가 있으니 옷은 신속히 갈아입어야 한다.
 "좋아, 아침인가!"
 레노 옆에서 자고 있던 이하루가 이불에서 튀어나왔다. 밤중에는 코를 고는 이하루지만, 깨어날 때는 남들보다 가뿐하게 일어난다.
 "최근엔 조용했는데 다시 소란스러워질 것 같네."
 그렇게 말하며 웃은 하루이치는 세면대 앞에서 머리카락을 세팅하고 있었다. 5분으로는 시간이 부족한 건지 기상나팔이 울리기 전부터 일어나 있던 듯하다.
 구릿빛 피부의 청년, 카구라기 아오이는 자위대 출신인 만큼 이불을 정리하는 손길이 익숙했다. 주름 하나 없이 이불을 착

착 정리하고 있었다.

같은 방의 대원들을 보고 레노의 안에서도 의욕이 활활 불타올랐다. 병실에서 푹 쉬며 정양한 2주간——물론 그곳에서도 공부는 했지만——에도 동기들은 착실하게 실력을 키웠을 게 분명하다. 뒤처진 것을 만회해야 해.

'무엇보다 내일은 장애물 경주가 기다리고 있으니까.'

장애물 경주는 호시나가 앞서 통보한 훈련이다. 슈트를 입고 폐허를 빠져나오는 속도를 겨루는 것인데, 막 입대한 신입들은 매우 꺼리는 훈련이라고 들었다.

그리고 그런 와중, 아직까지도 일어나지 못한 인물이 한 명 있었다.

"······선배, 괜찮으세요?"

옆자리의 카프카를 살펴보니, 상반신은 일으켰어도 아직까지 이불도 개지 못하고 있는 상태. 미간에 주름을 잡고 머리를 부여잡으며 신음하고 있었다.

"으~. 머리 아파······."

"뭐야, 아저씨. 숙취야?" 이하루가 말했다.

"방위대에 들어온 뒤로는 금주하고 있었으니까. ······오랜만에 띵하네."

"정신 차리세요. 오늘부터 방송국 취재가 있다고요."

"……! 그랬지. 좋아, 기합 넣자."

카프카가 침대에서 내려왔지만, 바로 "우읍"하고 헛구역질을 하더니 얼굴빛이 안 좋아졌다.

그 시점에서 레노는 안 좋은 예감이 들었다.

'……어젯밤에 일단 그걸 준비해 두길 잘한 것 같아.'

소대별 조례가 끝나면 각자 담당구역을 청소한다. 레노는 하루이치와 함께 남자 화장실 청소를 맡고 있었다.

"그러고 보니 레노, 카프카와는 방위대에 들어오기 전부터 알던 사이지?"

"네. 괴수 해체업체에서 아르바이트할 때 알게 된 사이예요."

"그래서 선배라고 부르는 거구나. 하지만 그러면 괜히 복잡하지 않아?"

"네?"

"전엔 어땠을지 몰라도 지금은 방위대 동기잖아?"

"……그건 그렇죠."

확실히 하루이치의 말은 일리가 있다. 아무리 연상이라지만 카프카는 동기이고 하루이치처럼 편하게 이름을 부르는 사람도 있다. 선배라고 부르는 건 레노 정도. 주변 사람들이 보면 헷갈릴 테고, 오해를 살 일도 있을 것이다. 하지만 레노는 어째서인지 선배라는 호칭을 버릴 생각은 그다지 들지 않았다.

2

 식당에서 아침을 먹고 나면 오전 과업이 시작된다. 소대별로 이루어지는 것도 있고, 부대 전원이 참가하는 것도 있다. 오늘 과업은 연습장 사격 훈련이다.
 각 대원이 꼼꼼하게 총기를 확인하고 있는데,
"자, 주목."
 호시나가 앞에서 큰 목소리로 말했다. 고개를 돌리자, 카메라 등 기자재를 들고 있는 사람들이 서 있는 것이 보였다.
 총 여섯 명으로, 젊은이가 대다수에 폴로 셔츠와 청바지 등 편한 차림새를 하고 있었다.
"공영 방송국 직원분들이다. 너희의 훈련을 촬영하기 위해 오셨지."
 50대 정도 되어 보이는 쾌활한 남자가 한 걸음 앞으로 나와 고개를 숙였다.
"디렉터 오오오카입니다. 오늘부터 5일간 여러분을 밀착 취재하게 되었습니다. 훈련에 방해가 되지 않게 노력하겠습니다. 여러분도 카메라를 신경 쓰지 않으셔도 괜찮습니다. 잘 부탁드립니다."

대원들도 고개를 숙이고 큰 목소리로 인사했다.

카메라맨들이 옆으로 흩어져 즉시 기자재를 펼치기 시작했다. 방위대 입대 시험과 마찬가지로 드론을 준비하는 자도 있었다.

"강의 시간에서도 이미 다뤘지만, 시민들이 안심할 수 있도록 하는 것도 우리의 임무 중 하나다. 인터뷰 등에도 가능한 범위 내에서 협력하도록."

"네! 열심히 하겠습니다!"

카프카가 크게 대답했지만 호시나는 고개를 가로저었다.

"무리해서 무게 잡을 필요도 없다. 방송국이 찍고 싶어 하는 건 일상적인 훈련 풍경이니까. 저쪽도 프로이니 그 부분은 맡겨두면 돼. 우선 눈앞에 닥친 훈련에 집중하도록. ──특히 카프카."

"……! 넵!"

찔린다는 듯이 대답하는 카프카 옆에서 레노는 소총을 든 손에 힘을 쥐었다.

'……맞아. 일단 지금은 눈앞에 닥친 훈련에 집중하자.'

오늘 오전에 예정된 것은 사격 훈련이다. 폐허에서 나타나는 타깃을 저격해 클리어 타임을 겨루는 종류다. 단순한 만큼 실력 차가 확실하게 드러나는 훈련이기도 했다.

방아쇠를 쥐며 레노는 사가미하라에서의 임무를 떠올렸다. 사람의 언어를 알아듣는 식별 괴수, 괴수 9호와의 만남──그 일 이후로 자신의 내부에서 무언가가 확실하게 변했다는 감각이 있었다.

'떠올리는 거야. 그때의 감각을!'

괴수의 근섬유가 삽입된 슈트가 레노의 마음에 호응하는 것처럼 몸을 강하게 조였다. 오감을 총동원해 타깃의 움직임을 예측했다.

'저기다!'

스코프로 목표를 포착해 겨드랑이를 조여 총을 고정하고 방아쇠를 쥔다. 총탄이 타깃을 파쇄한다. 명중 여부는 발사 순간의 감각으로 알 수 있다. 즉시 다음 목표를 조준한다.

'······어떠냐?!'

모든 타깃을 파쇄하자, 타임 기록과 슈트의 최대 해방 전력을 분석한 데이터가 도착했다. 2주 만이어서인지 몸이 생각대로 움직이지는 않았지만, 감각은 나쁘지 않았다.

「이치카와 레노. 타임 2분 9초. 추정 해방 전력 22%.」

"······."

입원 전 훈련보다 기록이 줄고 해방 전력도 상승했다. 신입 대원의 수치로는 상위이리라. 그래도 레노는 순순히 기뻐할 마음이 들지 않았다.

"여어, 레노. 기록은 어때?"

"이하루."

옆에서 마찬가지로 사격 훈련을 하던 이하루가 다가왔다. 손에 쥐고 있는 기록 용지를 보니, 이하루의 기록은 2분 3초. 해방 전력은 23%였다.

"핫, 어떠냐. 또 내가 이겼지?"

"……이하루, 오랜만에 훈련을 하니 어떤가요?"

"음? 물론 감각이 조금 둔해진 느낌은 들어."

"저도 그렇게 느꼈어요. 그때는 이러지 않았는데."

오퍼레이터에게 들은 바로는 9호와의 전투 중 레노는 일시적이지만 해방 전력이 30%를 넘었었다고 한다. 지금의 자신은 그때의 저력을 전혀 발휘하지 못하고 있었다. 그것이 순수하게 기뻐하지 못하는 이유였다.

"다음엔 기록을 더 줄일 거예요. 감각을 되찾을 겁니다."

"뭐, 뭐라고? 그럼 나도! 기록을 더 줄여서 내가 이길 테다!" 이하루가 레노에게 고개를 쑥 내밀었다. "잘 들어, 레노. 난 더 강해질 거야. 안 질 거라고!"

"아니, 이하루. 싸워야 하는 건 제가 아니라 괴수……."

"아~! 시끄러워—! 너한텐 절대 안 져!"

그렇게 외친 뒤, 이하루는 총을 끌어안고 큰 걸음으로 성큼성큼 걸어갔다. 레노는 그런 그의 뒷모습을 보며 저도 모르게 웃고 말았다. 이하루 역시 9호와의 전투를 통해 무언가를 잡은 것이리라.

 "20%를 넘었나?" 뒤를 돌아보니, 호시나가 서 있었다. "2주의 공백이 있는데도 이 수치라니, 대단한걸?"

 "……아직 멀었습니다. 기록은 다들 더 줄었을 테고요."

 "그렇지." 호시나가 고개를 끄덕였다. "시노미야, 이즈모, 카구라기의 성장이 눈부시긴 하지만, 그게 다는 아니야. 신입들뿐만 아니라 너희의 선배 대원도 기합이 들어갔지. 전체가 좋은 느낌으로 완성되어 가고 있어."

 그때였다.

 "으랴아아아아압——!"

 멀리서 커다란 외침이 울렸다. 그것을 듣고 호시나가 한숨을 쉬었다.

 "물론 해방 전력이 전혀 상승하지 않는 녀석도 한 명 있기는 하지만."

 "…………."

 그게 누구인지는 호시나에게 굳이 따로 묻지 않아도 알 수 있었다.

레노가 목소리가 들려온 방향으로 다가가자 카프카가 키코루에게 무언가를 외치고 있었다.

"선배. 무슨 일이세요?"

"오, 이치카와. 마침 잘 왔다. 방금 훈련 말인데, 개인적으로 느낌이 상당히 좋았거든. 분명 기록도 줄고 해방 전력도 상승했을 거야! 키코루, 너도 잘 봐라! 어떠냐?!"

「히비노 카프카――타임 6분 35초. 추정 해방 전력 1%.」

"에에엑―?!"

"완전히 꽝이잖아."

자신의 기록에 충격을 받은 카프카를 키코루가 질린 눈으로 바라보았다.

"하지만 선배……. 타임 기록은 전보다 줄었네요."

"그래! 좋은 지적이다, 이치카와. 봐라, 키코루. 언젠가는 나란히 서서, 아니, 뛰어넘어서――."

"자. 여기 이번 내 기록. 1분 7초. 추정 해방 전력 57%."

키코루가 내민 기록지에 레노는 할 말을 잃고 말았다. 그녀는 이 2주간 더 기록을 줄였다. 차이는 벌어지기만 할 뿐이었다.

"빌어먹을――――! 한 번만! 한 번만 더! 다음엔 해방 전력을 2배로 올려 주겠어!"

"그래봤자 고작 2%잖아."

"레노의 말대로 줄긴 했지만 아직 멀었네."

"윽, 호시나 부대장님……!"

카프카가 떫은 표정을 지었다.

"내일 장애물 경주 훈련은 이런 성적으로는 절대 합격 못 할걸? 경우에 따라서는……." 호시나가 눈을 가늘게 떴다. "더 적합한 부서로 배치가 전환되는 일도 있을지 모르지."

"에엑?! 어제 인정하겠다고 한 지 얼마나 됐다고요!"

"최전선에 나가는 것만이 방위대의 일은 아니니까. 오퍼레이터, 조사반, 처리반……. 부서는 이것저것 많다고."

그렇게만 말하고 호시나가 자리를 떠났다.

"선배……. 호시나 부대장님은 엄격하시네요. 어제는 방위대에 들어온 것을 환영한다고 해주셨는데."

정규 대원으로 인정한다는 말을 들은 지 얼마되지 않은 만큼, 조금 전의 말은 타격이 상당했을 것이다.

"아니." 카프카가 고개를 가로저었다. "분하지만 호시나 부대장님의 말씀이 맞아. 난 이제야 스타트라인에 섰을 뿐이야."

"……!"

카프카는 떠나가는 호시나의 뒷모습을 바라보며 주먹을 쥐었다. 조금 전까지 소란을 피우던 인물과는 완전히 다른 사람인 양, 눈빛이 매우 진지했다.

'아니. 선배는 언제나 진지했어.'

입대 시험 때도, 그리고 지금도 카프카는 최선을 다했다. 레노 자신도 카프카의 그런 면에 끌리고 있다.

"저격이라면 저도 조금은 조언해 드릴 수 있을 것 같아요."

"정말이냐, 이치카와! 부탁한다!"

"그럼 레노 넌 내가 조언해 줄게."

이쪽을 보며 후훗 하고 웃는 키코루에게 레노는 마주 고개를 끄덕여 주었다.

"……응. 부탁해."

순순히 받아들이는 반응에 키코루가 뜻밖이라는 듯이 눈을 동그랗게 떴다. 강해지기 위해서라면 뭐든 하겠다──그런 마음이 레노에게 싹트기 시작했다. 부끄러움이나 수치심 따위는 전부 다 버려 주마.

그때 방송국 취재팀이 다가왔다. 디렉터가 온화한 미소를 지으며 그들 앞에 섰다.

"훈련 중에 죄송합니다. 지금 여기 계신 세 분, 잠깐 괜찮으실까요?"

"……네, 괜찮습니다."

레노가 대답하자 카메라가 키코루를 향해 빙글 돌았다.

"감사합니다! 그럼 시노미야 씨, 부디 이야기를 들려주셨으면

합니다."

"네, 잘 부탁드립니다."

조금 전에 레노 등과 대화하고 있을 때와는 사뭇 다른 늠름한 표정으로 키코루가 대답했다.

카프카와 레노는 인터뷰어에게서 조금 떨어졌다.

"키코루가 목적인가?"

"그야 월반한 수석 합격자니까요."

키코루는 자신에게 던져진 질문에 막힘없이 척척 대답을 이어나갔다.

"네, 감사합니다."

인터뷰가 끝나자 키코루가 몸을 돌려 다가왔다. 금빛 머리카락이 살랑 나부꼈다. 그 얼굴은 자신감으로 가득 차 있었다.

"역시 시노미야는 익숙해 보이네요."

"……그러게. 그런데 키코루, 너 뭔가 내숭 떨지 않았냐?"

의아해하는 카프카에게 그녀는 태연한 얼굴로 대답했다.

"대외적인 모습을 만드는 건 기본이야. 취재 같은 건 대학을 다닐 때도 질리도록 했고."

레노도 TV에서 인터뷰에 답하는 그녀를 본 기억이 있다. 사상 최고의 인재라며 찬양받고 있었는데, 그것이 과장 따위가 아니라는 것을 새삼 느끼게 되었다.

"나 정도면 이 정도야 식은 죽 먹기지."

후훗 하고 키코루가 의기양양하게 코웃음을 쳤다.

그러는 사이에 취재팀이 레노에게 다가왔다.

"이어서 말씀을 들을 수 있을까요?"

"아……. 네, 네."

설마 자신이 인터뷰를 하게 될 거라고는 생각하지 못했기에 레노는 조금 동요했다.

"성함과 소속을 말씀해 주실 수 있을까요?"

"레노입니다. 이치카와 레노. 올해부터 제3부대에 배치되었습니다."

"아, 당신이 이치카와 씨군요……. 첫 전투에서 중상을 입었다가 드디어 임무에 복귀하게 되었다고 들었습니다. 첫 임무의 감상을 들려주실 수 있을까요?"

"…………."

어떻게 말해야 할지 레노는 조금 망설였지만,

"한심하다고 생각했습니다."

자신의 마음을 솔직하게 내뱉기로 했다. 대외적인 모습을 만들어내는 일 같은 건 익숙하지 않으니까.

"필사적으로, 온 힘을 다해 괴수에 맞섰습니다. 그런데도 제 공격은 닿지 않았죠."

"이치카와 씨는 이번에 수많은 여수를 토벌했다고 들었습니다만……."

"그것만으로는 안 됩니다."

그 정도의 힘에 만족할 수 있을 리 없다. 레노의 목표는 훨씬 더 먼 곳에 있었다.

"전 더 강해지고 싶습니다. 소중한 사람을 지킬 수 있도록."

"그렇군요. 훌륭한 목표입니다. 감사합니다."

인터뷰를 마치고 레노는 숨을 후우 뱉었다.

그런 레노를 떨어진 곳에서 카프카가 불만스럽게 바라보고 있었다.

"선배. 왜 그러세요?"

무언가 카프카의 심기를 건드리는 말을 해버린 걸까?

"이치카와, 딱히 한심할 건 없다고 본다. 첫 임무에서 충분한 성과를 냈잖아?"

"……아니에요, 선배. 제가 이루고 싶었던 건——."

결사의 공격은 괴수 9호에게 닿지 않았다. 그런 자신을 구해 준 건——.

"죄송합니다. 말씀을 들을 수 있을까요?"

"엇. 저, 저 말입니까?"

갑자기 디렉터의 관심을 받은 카프카가 저도 모르게 자기 얼굴을 가리켰다.

"'저 말입니까?'라니, 당신 말고 누가 있다는 거야?" 키코루가 말했다.

"방송국 인터뷰 같은 건 처음이라고. 긴장되네."

카프카가 크흠 크흠 하고 몇 번 헛기침했다.

"그럼…… 신입 대원들에게는 첫 출전이었던 사가미하라 토벌 작전에 대해, 선배 대원이 바라본 후배들의 움직임은 어떠했는지요?"

"그렇죠. 선배로서는——엇, 네?"

카프카가 멍청히 넋을 놓으며 자신을 가리켰다.

"서, 선배라니, 저 말입니까?"

"네, 네." 디렉터가 눈을 깜빡였다. "경험 있는 대원의 눈에는 후배 시노미야 대원과 이치카와 대원이 어떻게 보였는지 의견을 여쭙고 싶다……는 생각이 들어서요."

"풉."

옆에 있던 키코루가 입가를 가리며 몸을 부들부들 떨었다.

"그렇다는데? 선배 대원님."

"으그그그그극……!"

"저, 저기!" 레노가 저도 모르게 끼어들었다. "제가 선배, 라고 부른 건 선배 대원이란 뜻이 아닙니다! 제가 개인적으로 부르는 호칭이어서요. 이 사람은 저희의 동기로——."

 아무래도 호칭이 오해를 불러온 모양이었다. 레노는 오해를 정정하기 위해 카프카를 선배라고 부르게 된 경위를 간단히 설명했다.

 디렉터가 카프카의 얼굴을 들여다보고 감탄했다.

 "아! 그럼 당신이 방위대 신입 최고령자인 히비노 씨?"

 "최고령자라니, 아니, 물론 그렇지만! 뭔가 아저씨라고 하는 것 같잖아……."

 "전에도 말했지만 아저씨잖아?" 키코루가 냉랭한 눈으로 말했다.

 "나이는 아저씨일지도 모르지만, 마음만 보면 난 아직……!"

 "자신을 아저씨라고 인정하지 않는 아저씨만큼 꼴사나운 건 없어."

 "크악!"

 키코루의 말에 내상을 입은 카프카에게 디렉터가 미소를 지으며 마이크를 돌렸다.

 "히비노 대원, 인터뷰 괜찮으실까요?"

 "아, 네……!"

"네, 감사합니다. 훈련 중에 죄송했습니다."
"저, 저야말로, 감사합니다!"
카프카와 디렉터가 서로에게 고개를 숙였다.
"내가 대답한 내용, 괜찮았을까?"
익숙하지 않은 인터뷰에 카프카가 볼을 벅벅 긁었다.
"글쎄. 긴장한 나머지 '저기'를 너무 남발했지. 가위질당하거나 아예 편집 당하지 않을까?"
"너만큼 익숙하지 않단 말이다!"
"……뭐, 그래도 조금 마음이 놓이네요."
레노가 가슴을 쓸어내렸다. 숙취와 긴장 때문에 부분 변신을 하는 실수를 저지르지 않을까 싶어 마음을 졸이고 있었던 것이다. 컨디션도 조금은 돌아온 것 같으니 기우였던 모양이다.
그때, 디렉터가 무언가를 떠올렸는지 탁 하고 손바닥을 두드렸다.
"맞다. 항간에 떠들썩한 괴수 8호에 관해 여러분의 의견을 들을 수 있을까요?"
"!"
괴수 8호——그 단어에 세 사람의 표정이 단번에 굳었다.
'이봐, 8호에 관해서라는데?'
'이런 정도로 동요하지 마!'

'선배, 시노미야. 제가 이야기할게요.'
 레노가 부자연스럽게 헛기침을 한 뒤, 입을 열었다.
 "8호에 관한 건 정보 통제로 인해 공표된 것 이상의 내용은 말씀드릴 수 없습니다. 죄송합니다. 다만, 방위대 대원으로서 빠르게 찾아내 시민의 안전을——."
 그때, 레노 옆에 서 있던 카프카가 "흐아……" 하고 크게 입을 벌렸다.
 "흐, 아, 아…… 푸엣취!"
 카프카가 재채기한 그 순간.
 그의 머리에 두 개의 뿔이 쑥 하고 돋아났다.
 "어?!" 레노가 외쳤다.
 "하아?!" 키코루가 눈을 부릅떴다.
 "엑?!" 디렉터는 당황했다.
 "이크!" 카프카가 황급히 머리를 눌렀다.
 "흐읍————!"
 전력 해방——다음 순간, 레노가 크게 소리치며 카프카를 발로 차 날려버렸다.
 "꾸엑!"
 슈트를 입은 레노의 발차기 일격. 발에 차인 카프카는 어마어마한 속도로 날아가 근처 돌무더기에 머리가 박혀버렸다.

디렉터는 무슨 일이 벌어졌는지 이해하지 못했는지, 눈을 비비고 있었다.
"저, 저기…… 기분 탓인가? 히비노 씨 머리에 뿔이 돋아났던 것 같은데……."
"기분 탓이야, 기분 탓!"
키코루가 돌무더기에 파묻힌 카프카를 강제로 끌어냈다. 그리고는 흙투성이가 된 카프카를 카메라 앞으로 쑥 내밀었다. 머리의 뿔은 이미 사라져 있었다.
"봐. 어딜 어떻게 봐도 변변찮은 평범한 아저씨잖아!"
"아, 안녕하십니까~. 변변찮은 아…… 아서씨입니다!"
"어째서 살짝 미련이 남아 있는 거야!"
인터뷰에는 태연하게 답하던 키코루가 지금은 땀을 뻘뻘 흘리고 있다.
'당신, 정말로 뭐 하는 거야! 제대로 알고 있긴 해? 당신의 정체가 괴수 8호라는 걸 들키면 처분당할 거라고!!'
'미, 미안. 긴장한 탓에 재채기의 반동으로 나도 모르게…….'
'재채기의 반동으로 자기도 모르게 변신하지 마!'
디렉터가 얼굴을 찌푸리며 근처에 있던 카메라맨을 불렀다.
"이봐…… 아까 카메라 돌리고 있었어?"
카메라맨은 고개를 가로저었지만, 디렉터는 여전히 의심쩍어

하는 기색이었다.

"혹시 보셨다는 게 이건가요?"

레노의 목소리가 일동의 주목을 모았다. 그의 얼굴이 무시무시한 해골 얼굴──괴수 8호로 변해 있었다. 깜짝 놀란 일동 앞에서 레노가 얼굴을 덮은 종이 가면을 가볍게 벗었다.

"레노, 그건?" 키코루가 물었다.

"아, 방위대가 배포한 주의 포스터야."

괴수 8호는 방위대 발족 이래 처음으로 발생한 미토벌 사건이다. 목격자의 증언을 통해 몽타주를 작성해 TV는 물론이거니와 거리에 주의를 촉구하는 포스터까지 붙었다.

"선배가 재채기를 하면서 이걸 당겼는데, 그걸 잘못 보신 게 아닐까요?"

"잘못 봤다고? 그, 그런가? 음─…."

디렉터는 혼자서 고개를 갸웃거리다가 다음 취재를 위해 철수했다.

카프카는 안도의 한숨을 쉬는 레노의 등을 두드렸다.

"나이스 이치카와! 어느 틈에 그런 걸 만든 거냐?"

"카메라가 올 거란 말을 듣고 어젯밤에 급히 준비했어요. 그런데 나이스라니요! 이게 없었으면 어떻게 넘어갈 작정이었던 거죠?"

"그, 그건, 어떻게든 기백으로……?"

"넘어가겠냐고!"

"히비노 카프카, 이제 그만 자각 좀 해. 방위대 내에 식별 괴수가 숨어 들어와 있다는 사실이 발각되면 정말 큰 문제가 될 거야."

"……! 미, 미안하다. 괜찮아!" 카프카가 엄지손가락을 척 세웠다. "이젠 방심 안 해. 무슨 일이 있어도 변신하지 않을 테니 안심하라고!"

자신만만한 카프카를 앞에 두고 키코루와 레노가 서로의 얼굴을 마주 보았다.

"뭔가 노골적인 복선이 깔린 기분이 드는데?"

"……나도 그런 예감이 들어."

내일 있을 장애물 경주를 과연 무사히 끝낼 수 있을지, 레노는 불안해서 견딜 수가 없었다.

3

한밤중, 레노는 문득 눈이 뜨였다. 옆자리는 카프카의 침대지만, 그곳은 이미 텅 비어 있었다.

'……선배가 없잖아?'

화장실에라도 갔나 싶었지만, 안 좋은 예감이 들었다. 카프카는 사가미하라에서 괴수 8호로 변신한 상태로 호시나와 대치했었고, 그 호시나는 머리가 상당히 좋다. 만약 낮에 있었던 사건이 호시나의 귀에 들어갔다면?

'설마 연행당한 건 아니겠지만…….'

옆에서 코를 고는 이하루가 깨지 않도록 레노는 발소리를 죽여 조심스레 방을 나왔다. 어두운 복도 끝에 있는 방, 그곳 문틈에서 빛이 새어 나오고 있는 걸 발견했다. 저긴 아마 자료실이었지. 그런 생각과 함께 문틈으로 안을 몰래 들어다본 뒤, 레노는 문을 열었다.

"……선배, 뭐 하고 계신 거예요?"

"으악, 이치카와!"

카프카가 깜짝 놀라며 뒤를 돌아보았다. 의자에 앉아 있는 그의 앞에는 몇 권이나 되는 책과 노트북이 놓여져 있었다. 그리고 노트북 화면에는 어딘지 모를 시가지의 영상이 재생되고 있었다.

"이미 소등 시간이 지났어요. ……공부하고 계셨어요?"

과업이 끝난 뒤에도 방에서 공부하는 대원은 많다. 카프카도 그중 한 명이었다. 하지만 소등 시간이 지난 뒤에까지 공부하고 있었다는 건 몰랐다.

"그래. ……실은 전부터 하고 있었어. 정규 대원이 되기 위해 말이지."

"대원은 됐잖아요. 내일은 장애물 경주가 있으니까 일찍 자는 게 좋을 텐데."

"아니, 지금 이대로는 모두에게 뒤처지고 말 거야. 이 공부가 루틴이 되기도 했고."

"……수면 부족 때문에 실수로 부분 변신하는 건 아니죠?"

"크. 그렇게 말하면 좀 찔리긴 해……! 실제로 서른을 넘기면 몸에 확실하게 영향이 오긴 하니까. 밤샘도 잘 못하게 됐고."

"그렇다면 더더욱 주무셔야죠."

"자고 싶긴 한데, 하지만 지금이…… 즐겁거든."

카프카의 입에서 튀어나온 말에 레노는 눈을 동그랗게 떴다.

"즐겁다고요?"

"그래. 해체업체에서 일할 때는 녹초가 돼 집으로 돌아가 TV를 켜놓고 술을 진탕 마시는 생활을 했었으니까. 그래서 지금 젊고 우수한 놈들에게 둘러싸여 공부하는 이 환경이 즐거워. 물론 몸은 힘들지만." 카프카가 레노를 보며 웃었다. "그러니까 너한텐 감사하고 있다고."

감사하고 있다──그 말에 레노의 가슴속에서 어떠한 감정이 왈칵 밀려왔다.

"아니에요, 선배. 감사를 해야 하는 건——."

그때, 컴퓨터에서 큰 소리가 났다. 불타오르는 시가지의 영상이 재생되고 있었다. 화질이 안 좋고 노이즈가 껴 있는 걸 보아 상당히 오래 전에 찍은 영상임을 알 수 있었다.

"선배, 이 영상은……."

"그래. 저쪽 책장에서 꺼내 왔지. 1972년도 거야."

"그렇다는 건……."

"그래. 괴수 2호다."

1972년——아시아권에서는 처음인 동계 올림픽이 삿포로에서 개최되었다. 올림픽은 대성공을 거뒀지만, 그 기쁜 기록을 어느 대재해가 덮어씌웠다. 훗날 괴수 2호라 불리게 된 대괴수가 습격해 삿포로가 괴멸 직전으로까지 내몰렸기 때문이다.

"대괴수는 해체 경험이 적으니까 공부해 둘까 해서."

불타오르는 빌딩 너머에 괴수 2호의 것으로 여겨지는 거대한 그림자가 보였다. 괴수가 크게 포효하자 충격파가 덮쳐왔다. 주변 일대의 건물 유리창이 깨지고, 지붕이 들리고, 사람이 날아간다. 화면이 어지럽게 흔들렸다. 촬영자도 날아가 버린 것이리라. 화면이 옆으로 눕더니 영상은 더 이상 움직이지 않게 되었다.

"……촬영자는요?"

레노의 물음에 카프카는 조용히 고개를 가로저었다.

"나중에 카메라만 회수됐다고 해. 2호의 영상을 카메라에 담은 귀중한 자료라더라."

"지금은 드론을 쓸 수 있지만, 당시에는 무리였으니까요."

영상 마지막에 촬영일과 카메라를 발견한 장소, 그리고 촬영자의 이름이 적힌 자막이 나타났다. 나중에 방위대가 삽입한 것이리라. 카프카가 저장장치를 꺼내고 노트북을 닫았다.

"자, 이쯤하고 슬슬 잘까? 걱정 끼쳐서 미안하다."

"아뇨……. 컨디션에 주의해 주세요. 그리고 선배."

"응?"

"내일 장애물 경주, 우리 힘내요."

레노가 주먹을 내밀었다.

카프카가 활짝 웃으며 그 주먹을 가볍게 쳤다.

"그래!"

4

오전에는 이론 강의, 이후 점심시간을 지나 오후 과업은 13시에 시작된다. 레노를 포함한 올해 방위대 신입 정규 대원 스물일곱 명과 카프카는 도시형 연습장 입구 근처에 모였다.

그들 앞에는 부대장인 호시나, 오퍼레이터 오코노기, 그리고 소대장들이 늘어섰다. 취재팀도 같이 모여 벽 쪽에 붙어 카메라를 탑재한 드론 등 기자재를 준비하고 있었다.

"그럼 오늘 장애물 경주를 실시하겠다." 호시나가 일동을 둘러보며 말했다. "너희가 4월 초에 방위대에 들어오고 약 두 달이 지났다. 훈련도 익숙해지기 시작한 감이 있지. 이 훈련은 그런 너희에겐 하나의 관문──혹은 세례라고 할 수 있을지도 모르겠군."

 호시나가 가느다란 눈을 뜨며 웃었다. 레노도 선배 대원들에게서 들은 적이 있다. 이 장애물 경주는 상당히 힘든 훈련이어서 클리어하지 못하는 대원도 있다고 했다.

"에어리어 맵을 받았지?"

 레노와 다른 신입들이 전용 단말로 공중에 맵을 투사했다. 이 장소를 시작점으로 폐허를 한 바퀴 도는 코스가 표시되었다.

"너희가 해야 할 일은 간단하다. 2인 1조로 페어를 맺어 맵에 표시된 루트를 따라 이 폐허를 누비도록. 조별로 준비된 10개의 타깃을 파괴하면서 코스를 돌파한 뒤, 제한 시간 내에 이곳으로 귀환하는 것. 그것이 목표다. 플러스로 이거."

 시트 위에 배낭이 줄줄이 놓였다. 하나같이 빵빵하게 부풀어 있었다.

"지원 물자가 들어 있다. 이걸 짊어지고 훈련에 임하도록."

짐의 크기를 본 대원들 사이에 술렁임이 번졌다.

"강의 시간에도 배웠지? 보급로가 끊겨서 산속에서 서바이벌을 하며 괴수를 토벌한 사례도 있다고."

육상 자위대 출신인 아오이의 얼굴이 평소보다 더 굳었다.

"육상 자위대의 레인저 훈련에 가깝군. 이런 코스에서 하는 거면 더 가혹하려나?"

입대 전 체력 시험에서 1위였던 아오이에게서 가혹하다는 소리가 나오는 훈련. 대원들의 긴장감이 더욱 고조되었다. 레노도 마른침을 꿀꺽 삼켰다.

2인 1조가 지정되었다. 레노의 파트너는 카프카였다.

"선배, 부탁드릴게요. 컨디션은 어떠세요?"

카프카가 엄지손가락을 세우며 대답했다.

"완벽해. 어떤 코스든 갈 수 있다고."

두 사람은 앞으로 불려 나와 총과 배낭을 받았다.

"자, 첫 타자로 어떤 조가 갈래?"

호시나가 일동을 둘러보았다.

"1번 타자는 우리가 하겠어."

표표하게 손을 든 것은 키코루였다. 슈트를 입은 그녀가 가볍게 배낭을 멨다. 페어인 아카리는 불안한 표정이었다.

"아니, 키코룽?! 괜찮을까……?"
"괜찮아, 아카리. 분명 처음이 가장 편할걸?"
 호시나의 시작 신호와 함께 두 사람이 출발했다. 키코루가 리드하는 형태. 신입 중에선 해방 전력이 가장 높은 그녀가 가벼운 몸놀림으로 지붕 위를 날듯이 달려갔다.
"좋아, 드론 띄워. 대원들의 모습을 카메라에 확실하게 담는 거야."
 동시에 취재팀의 드론도 뒤를 쫓아갔다. 준비한 기체 수로는 모든 조를 쫓을 수 없다. 취재팀은 키코루네 조를 주목하고 있는 듯했다.
"네가 꾸물거리는 사이에 선수를 빼앗겼다, 하루이치."
"마침 가려던 참이었어, 아오이."
 하루이치와 아오이. 키코루의 뒤를 잇는 높은 해방 전력을 보유한 두 사람이 다음으로 뛰쳐나갔다.
"키코루에겐 질 수 없지. 좋아. 가자, 이치카와!"
"네! ……그런데 선배, 괜찮으세요?"
 배낭을 짊어진 카프카의 발걸음이 불안하다.
"고작 1%. 하지만 1%야. 슈트로 근력을 보조하고 있다고! ……읏차차!"
"…………."

확실히 무거운 짐을 짊어졌어도 평범하게 움직이는 정도는 가능한 듯했다. 하지만 과연 이 상태로 제한 시간 내에 코스를 완주할 수 있을까?

 그때, 조금 떨어져 있는 취재팀의 목소리가 바람에 실려 들려왔다.

 "좋아. 히비노 대원을 쫓자."

 디렉터의 말에 드론을 준비하는 스태프가 대답했다.

 "저 사람을요? 전 다른 조를 쫓고 싶은데……."

 "이럴 땐 다양한 장면을 찍어 둬야 해. 메인이 시노미야 대원이랑 이즈모 대원의 조고, 서브가 히비노 대원의 조인 거지. 서른을 넘기고 들어온 방위대. 하지만 현실은 혹독했다——그런 걸 보여줄 수도 있을테니까."

 "……!"

 아마도 취재팀에 악의는 없을 것이다. 신입 최고령자라는 점에서 카프카가 주목받고 있다는 건 안다. 하지만 그렇다고 뒤에서 업신여김을 받으면 기분이 좋지 않다.

 "좋아, 준비됐다. 가자, 이치카와. 키코루네에게 지고 있을 순 없지!"

 "네! 가요, 선배! 꼭 클리어해요!"

 "오오? 뭔가 불타오르고 있잖아?"

그렇게 두 사람의 장애물 경주가 시작됐다. 달리기 시작함과 동시에 취재팀의 드론이 뒤를 쫓아왔다. 레노가 곁눈질로 조용히 카메라 렌즈를 노려보았다.

'거기서 잘 보고 있으라고.'

 전방에 보이는 무너진 블록 벽을 뛰어넘어 두 사람은 주택 사이를 달려 빠져나왔다. 투사된 맵에서 소리가 울렸다. 레노의 전방에 타깃 표시가 나타났다.

 맵의 지시대로 단독주택 지붕 위에 타깃이 서 있었다. 레노는 달리면서 총을 겨누고 스코프를 들여다봤다. 방아쇠를 쥐고, 발사. 눈으로 확인하기 전에 감각으로 탄이 명중했다는 걸 알 수 있었다. 표적의 중앙이 꿰뚫렸다.

"나이스, 이치카와!"

'……아직 멀었어.'

 입대 시험에서 본 키코루의 총격은 더 빨랐다. 더 정확했다. 더 위력적이었다. 레노는 총을 안고 폐허 사이를 달렸다.

 출발한 뒤로 15분——. 레노의 눈앞에 네 번째 타깃이 보이기 시작했다. 타깃은 쓰러져서 비스듬하게 기울어진 전봇대 위에 서 있었다. 레노는 무너진 가옥의 지붕 위로 올라가 스코프를 들여다봤다.

조준을 맞추고 방아쇠를 쥐었다. 발사된 탄환이 표적의 중앙을 뚫었다.

"좋아, 다음 가요!"

"…………."

카프카는 벽을 짚고 있었다. 헉헉 내뱉는 거친 숨소리.

"선배, 괜찮으세요?!"

"그, 그래! 완전 여유지……!"

카프카는 엄지손가락을 척 세웠지만, 명백하게 무리하고 있다는 게 보였다. 해방 전력 20%가 넘는 레노조차 배낭이 짐이 되어버린 상태다. 하물며 1%인 카프카에겐 그야말로 바위를 짊어지고 있는 듯한 감각이리라.

"여어, 레노! 아저씨도 있네? 먼저 간다!"

이하루가 크게 외치며 파트너와 함께 지붕 위로 날듯이 지나갔다. 둘 다 어지러울 정도의 스피드였다. 뒤늦게 출발한 조들도 연이어 레노와 카프카를 추월해 갔다.

레노가 드디어 여섯 번째 타깃을 파괴했다. 카프카의 움직임은 점점 둔해져, 이젠 걷는 것만도 한계인 듯한 모습이었다. 그런 모습을 공중에 뜬 드론이 가만히 촬영하고 있었다.

"……미안하다, 이치카와."

"사과받을 만한 일은 없었어요. 자, 가죠."

"너까지 꼴찌가 돼 버렸어. 네 해방 전력이라면 먼저 완주할 수 있었을 텐데. 나 때문이야. 그러니까——."

"……먼저 가라고 하기 없기예요." 레노가 카프카에게 어깨를 걸쳤다. "선배를 두고 갈 정도면 여기서 포기할 겁니다."

레노에게 그런 짓을 해서까지 완주할 생각은 털끝만큼도 없었다. 그런 행동은 그가 이상으로 생각하는 방위대원의 모습과 동떨어져 있으니까.

당황한 듯한 얼굴을 하고 있던 카프카가 활짝 웃었다.

"……그래, 그렇지. 넌 그런 녀석이지. 지금 우리는 나 때문에 뒤처져 버렸어. 하지만 나는 포기를 못 하는 성격이니까——마지막까지 따라와 줄 수 있냐고, 그렇게 말하려 했던 거야."

"물론이죠! 혼자서도 할 수 있는 장애물 경주인데 일부러 짝을 지어 훈련하는 건 서로를 도우라는 뜻일 테니까요."

"그래, 부탁한다. ……이쪽은 서른둘이 돼서까지 방위대를 목표로 하고 있었다고. 이 정도로 꺾일까 보냐!"

카프카가 이를 악물고 억지로 다리를 옮겼다. 두 사람은 착실하게 목표를 제패해 갔다. 하지만 결승점 직전에 있는 여덟 번째 타깃에서 일이 벌어졌다.

"……안 되겠는데요. 길이 완전히 막혔어요."

준비된 맵은 좁은 길을 통과하라고 지시하고 있었다. 하지만 실제로는 눈앞에 큰 맨션이 쓰러져 있는 상황. 길이 완전히 막혀버린 것이다.

"맵에 적혀 있지 않은 걸 보면 사고인 것 같네요. 선배, 부대장님께 확인해 볼까요? 우회할 수 있을지 여쭤볼게요."

하지만 카프카는 눈앞에 있는 길을 가만히 바라보더니 뜻밖의 대답을 했다.

"잠깐만, 이치카와. 어쩌면 이건 부대장님이 의도한 걸지도 몰라."

"네?"

예상 못 한 카프카의 말에 레노의 손이 멈췄다.

"여긴 폐허야. 그렇다면 이 코스는 무너지는 걸 전제로 하고 있는 게 아닐까? 먼저 간 팀에 따라 상황이 변하는 식으로."

"……! 아, 가능성 있는 이야기네요."

카프카의 말에는 일리가 있었다. 사가미하라에서도 그랬지만, 실전이라면 시가지는 괴수의 피해로 인해 시시각각 상황이 변화한다. 그렇기 때문에 주어진 정보가 반드시 옳다는 보장이 없다. 이번 훈련에서 맵이 유효하게 기능하는 건 첫 번째 조뿐이라는 뜻이다.

"시노미야는 이걸 미리 간파했던 거겠네요. ……그럼 어떻게 할까요?"

"이치카와, 너 혼자라면 이 높이를 뛰어넘을 수 있지 않나? 나와 짐을 끌어안은 상태로는 아무래도 무리겠지만——."

"……! 아까도 말했죠? 확실히 혼자라면 넘어갈 수 있겠지만, 전 선배와——."

"나도 포기할 생각 없어. 이걸 쓴다."

카프카가 배낭에서 등산에 쓰이는 로프를 꺼냈다.

"그건……."

"출발 전에 안에 든 내용물을 확인해 뒀거든. 이 배낭은 단순한 무게추가 아니야. 지원 물자와 서바이벌에 쓸 수 있는 도구 같은 것도 들어 있었어. 이치카와, 네가 이걸 가지고 위로 올라가 줘."

이런 고난에 직면하고도 카프카는 포기하려 하지 않았다. 그리고 자신의 힘으로 그것을 극복하려 하고 있다.

"네. 가져갈게요."

레노는 로프 끝을 잡고 도움닫기를 하며 달렸다. 크게 점프해서 벽을 차고 이동하며 맨션 위로 올라갔다.

"……!"

레노의 왼쪽 허벅지에 둔중한 통증이 스쳤다. 괴수 9호에게 살점이 도려내진 곳이——아직 완치되지 않았다. 그걸 얼굴에 드러나지 않게 노력하며 로프를 묶었다.

"선배, 오케이예요!"
"좋아, 간다. 흡, 끄으으으윽……!"
로프를 잡아당기며 카프카가 수직 벽을 타고 올라왔다. 이를 악문, 필사적인 얼굴. 걸음이 지지부진해 좀처럼 속도가 나진 않았다. 하지만, 확실하게 한 걸음씩 가까워지고 있다.
그러나 이제 조금만 더──싶은 지점에서 카프카의 발이 미끄러지고 말았다.
"……우옷!"
"선배!"
레노가 벽에까지 몸을 내밀어 팔을 잡았다. 온몸에 힘을 주어 억지로 카프카를 위로 당겨 올렸다.
"위, 위험해라─! 간신히 살았네……."
"시간이 없어요. 가죠."
이어서 아홉 번째 체크포인트를 통과해 남은 건 마지막 타깃뿐. 여기까지 오니 배낭을 짊어진 카프카는 완전히 너덜너덜해져 땀이 폭포수처럼 흘러내리고 있었다.
"선배, 혹시 한계면 제가 들게요."
"이, 이 정도는 별거 아냐!"
"무릎이 떨리고 있는데요."
후들후들 떨리는 무릎을 카프카가 주먹으로 애써 두드렸다.

"자, 가라앉았지?"
"하지만……."
"이치카와, 너도 다리가 쑤시고 있잖냐."
"……알고 계셨어요?"
평정을 가장하며 걷고 있었는데——.
"미안하다. 원래는 내가 널 서포트해 줘야 하는데, 오히려 폐만 끼치고."
"아뇨. 도움을 받은 건 제 쪽이에요."
"뭐?"
"변신, 안 쓰셨죠?"
"……열심히 노력하는 너희 옆에서 어떻게 쓰냐."
처음 알게 된 이후 아직 1년도 되지 않았지만, 카프카는 정말 특이한 사람이라고 생각한다. 이 훈련도 사실은 간단히 끝낼 수 있었다. 괴수 8호가 되면 신체 능력이 비약적으로 상승하기 때문에, 부분 변신을 하는 것만으로도 매우 간단히 돌파할 수 있다. 하지만 그는 그것을 하지 않는다. 자신의 정체를——힘을 숨기고 있다.
"평소에는 재채기 같은 거로 변신할 뻔하면서……."
"응? 지금 뭐라고 했어?"
"아무것도 아니에요."

고생하지만, 그럼에도 포기하지 않으며 목표를 향해 똑바로 나아간다. 그런 카프카——선배에게 대체 몇 번이나 구원받았던가? 바로 그렇기에 설령 동기라는 관계가 되었어도 레노에게 카프카는 선배였다.

'이 사람을 이 이상 변신하게 만들 순 없어. 그걸 위해서라도 난——.'

레노는 정면에 보이는 마지막 타깃을 꿰뚫었다.

'더 강해져야만 해.'

시작 지점이 보이기 시작했다. 호시나와 먼저 간 다른 대원들이 그곳에서 기다리고 있었다. 초반에 출발했는데도 꼴등이 되고 말았다. 결승점에 도착하자 카프카와 레노는 나란히 서서 호시나에게 경례했다.

"히비노 카프카, 귀환했습니다!"

"이치카와 레노, 귀환했습니다!"

시계를 보고 있던 호시나가 두 사람의 얼굴을 보고는 고개를 끄덕였다.

"두 명 귀환 확인. 이것으로 훈련을 종료한다."

그 말을 들은 직후, 카프카는 큰대자가 되어 그대로 땅에 쓰러졌다. 체력이 이미 한계에 도달해 있던 것이리라. 레노도 다리가 아파 땅에 웅크려 앉았다.

"원래는 30분 내 돌파를 상정한 거였다만." 호시나가 전자 태블릿을 들여다보았다. "카구라기 페어는 15분 만에 돌파했다."

"하지만 저희는 상황이 변동된 최고 난이도 상태에서 돌파했습니다!"

"그래, 그건 나도 예상 밖이었지."

"응?" "네?"

멍청히 입을 벌리는 카프카와 레노의 앞에서 호시나가 턱을 문질렀다.

"코스가 조금 무너지는 정도는 있을 거라고 생각했지만, 그런 정도까지 될 줄이야. 먼저 출발한 시노미야 녀석이 너무 과하게 날뛰었어."

"그렇다는 건, 즉……."

레노의 물음에 호시나가 고개를 끄덕였다.

"그 시점에서 연락을 줬다면 이쪽에서 다른 코스로 유도했을 거야."

"으아아아! 빌어먹을~!" 카프카가 머리를 감싸쥐며 소리쳤다. "내가 한 짓은 결국 헛수고였다는 거잖아! 미안하다, 이치카와. 너까지 끌어들이고!"

레노는 그런 카프카의 모습에 훗 웃었다.

"괜찮아요, 선배."

"응?"

"확실히 힘든 여정이었지만…… 절대 헛되지는 않았어요. 목표와 가까워지기 위해 필요한 길이었다고 생각해요. 전 그렇게 믿습니다."

레노는 다리를 누르며 일어섰다. 무너져서 폐허로 변한 도시. 하지만 고개를 들면 그곳엔 거짓말처럼 푸른 하늘이 펼쳐져 있었다.

대원들이 연습장에서 귀환하기 시작했다. 호시나도 돌아갈 준비를 하고 있는데 뒤에서 걸음 소리가 들렸다. 뒤를 돌아보자, 물에 젖은 까마귀 깃털 같은 빛깔의 머리카락을 하나로 묶은 서늘한 장신의 여성——제3부대 대장 아시로 미나가 서 있었다.

"아시로 대장님. 업무는 끝나셨습니까?"

"그래. 일단락된 참이야. 올해 대원들은 어땠지?"

"사가미하라 사건 이후 하나같이 기합이 들어간 게 눈에 훤히 보이네요. 앞으로 쑥쑥 자라날 거라고 봅니다. 특히 이치카와 레노. 막 복귀했는데도 움직임이 좋더군요. 사가미하라에서 뭔가 감을 잡은 것 같네요."

아시로가 호시나의 손에 들린 태블릿 화면을 들여다보았다.

"……그와 페어를 짠 히비노 카프카는?"

"힘들죠." 호시나가 단호하게 말했다. "이치카와가 전면적으로 백업하지 않았으면 초반에 탈락했을 겁니다. 해방 전력도 여전히 1%고요."

"――그런가."

"하지만 근성은 인정해 줘도 될 것 같습니다."

카프카를 칭찬하는 호시나의 말에 아시로의 눈이 희미하게 커졌다.

"취재팀도 처음에는 탈락할 거라고 생각했던 것 같습니다. 그걸 뒤집은 건 이치카와의 서포트와 히비노 자신의 집념이겠죠. 좋은 콤비예요."

"기분이 좋은 것 같군."

"부하가 무시당하는 건 저로서도 그리 기분 좋은 일이 아니니까요. ……그럼 전 이만 가보겠습니다. 강의실에서 곧 오늘 훈련의 복기가 있을 거라서요."

호시나는 대원들의 뒤를 쫓아 걸음을 옮겼다. 시선을 돌리니 저 앞에서 카프카와 키코루, 레노가 서로를 향해 무언가 시끄럽게 외치고 있었다.

"하여간 소란스러운 녀석들이야."

CHAPTER 2

신입 · 시노미야 키코루

1

 그것은 아직 장애물 경주가 끝나기 전의 일. 방송국 취재 첫째 날——사격 훈련장에서 키코루는 인터뷰를 하고 있었다. 함께 있던 카프카와 레노 두 사람은 옆으로 빠졌다.
 디렉터가 쾌활한 미소를 지으며 마이크를 돌렸다.
 "제3부대에 배치된 이후 벌써 두 달이 넘게 지났는데, 사가미하라에서의 첫 임무는 어떠셨습니까?"
 키코루는 잠시 생각을 정리하고 평소와는 다른 진중한 어조로 대답했다.
 "……네, 우선 재난 피해를 본 분들과 그 가족분들에게 위로의 말씀을 전하고 싶습니다. 괴수 대국 일본이라 불릴 만하다고 느꼈습니다. 괴수와 여수 모두 대형이라 훈련과 실전은 다르다는 것도 새삼스럽게 체감했고, 개인적인 과제도 발견하지 않았나…… 싶습니다."
 "시노미야 씨의 과제 말인가요? 첫 전투에서 큰 활약을 했다고 들었습니다만……."
 "토벌한 건 어디까지나 여수뿐이었으니까요. 물론 여수도 충분히 위협적입니다만."

"그렇군요. 자신에게 만족하지 않는 높은 뜻을 가지고 계시는군요." 디렉터가 흠흠 하고 고개를 끄덕였다. "혹시 주목하고 있는 대원이 있는지요?"

"……주목, 이요?"

그 말에 바로 머리에 떠오른 건 히비노 카프카의 얼굴이었다.

"푸엣취!"

뒤에서 카프카의 커다란 재채기 소리, 그리고 코를 훌쩍이는 소리가 들려왔다.

"으~. 이치카와. 휴지 있냐?"

얼빠진 얼굴로 그런 소리를 한다.

'뭐 하는 거야, 저 녀석…….'

"시노미야 씨?"

"아, 실례했습니다." 키코루는 헛기침을 하며 목을 가다듬었다. "역시 아시로 미나 대장님입니다. 부대 내에서도 전투력이 확연하게 뛰어나시죠. 사가미하라에서 그것을 확실하게 실감했습니다. 일격으로 초대형 괴수에 커다란 구멍을 뚫어버리는 일은──전 아직 할 수 없는 재주니까요. 정진하겠습니다."

"그렇군요……. 참, 앞으로의 포부가 있거든 꼭 들려주셨으면 합니다."

"근년에 들어 대형 괴수의 출현으로 불안감을 느끼는 시민이 많으리라 생각합니다. 방위대의 일원으로서 괴수는 제가 토벌하겠습니다. 한 마리도 놓치지 않겠습니다."
"훌륭하고 든든한 답변이군요……! 감사합니다!"
키코루는 몸을 빙글 돌리며 굳게 맹세했다.
자신의 앞에 나타난 그 인간형 괴수――괴수 9호도 쓰러트리고야 말겠다고.

2

취재 이틀째――장애물 경주와 훈련 복기를 마치자 오후 과업이 끝났다. 이 뒤에는 저녁 식사와 입욕 시간을 끼고 원칙적으로 소등 전까지 자유시간이 주어진다. 외출하는 자, 방에서 공부하는 자, 잡담을 나누는 자, TV를 보는 자, 트레이닝에 힘쓰는 자 등 시간을 쓰는 법은 각각 다양하다.

기지 내에는 운동 시설이 마련되어 있다. 그곳에는 최신 설비와 기기가 갖추어져 있어, 창밖에 이미 해가 떨어졌는데도 불구하고 많은 대원으로 북적거린다.

"흡!"
체스트 프레스로 트레이닝을 마친 키코루가 수건으로 흘러내리는 땀을 닦아냈다.

'오늘은 이 정도만 해 둘까…….'

얼핏 보면 키코루는 왜소한 소녀로 보인다. 하지만 그녀의 전신은 단련된 근육으로 덮여 있다. 육상 자위대 출신인 아오이처럼 울퉁불퉁한 근육질의 육체와는 종류가 다르다. 그 어떤 낭비도 배제한, 매끄럽게 제련된 신체.

운동 시설에서 나오려는데, 시설 한쪽이 소란스럽다는 걸 깨달았다.

"으쌰아아아아——!"

우렁찬 외침은 벤치프레스를 하고 있던 카프카의 것이었다.

그 옆에서는 아령을 든 이하루가 외치고 있다.

"오, 할 수 있어! 할 수 있어. 아저씨!"

"선배, 너무 무리하지 않는 게 좋다니까요!"

"명백한 오버워크다. 효율적이지 못해."

레노와 아오이도 옆에서 그 모습을 지켜보고 있었다.

"하여간 뭘 하는 건지……."

키코루는 신입 중에서도 최연소지만, 어째서인지 가끔 남자들이 몹시 어리게 보일 때가 있다. 특히 카프카와는 띠동갑 이상으로 나이가 벌어져 있는데도 그렇다. 욕실에서 대화에 정신이 팔려 현기증으로 쓰러지질 않나, 누가 많이 먹는지로 겨루질 않나. 무슨 일만 있으면 금방 경쟁하려 하고——.

'남자는 몇 살을 먹어도 계속 저런 상태인 거야?'

시설 한쪽 끝에서 취재팀이 모여 카프카와 신입들의 훈련 모습을 촬영하고 있는 것이 보였다.

'……또 괴수 8호로 변신하거나 하진 않겠지?'

어제 카프카가 카메라 앞에서 변신할 뻔한 일이 떠올랐다. 가까이에 레노도 있으니 괜찮을 거란 생각은 들지만.

샤워하고 방으로 돌아가려는데, 목덜미에 싸늘한 물체가 닿았다.

"꺄악! 뭐, 뭐야?!"

저도 모르게 뒤로 물러서며 돌아본 키코루는 가슴을 쓸어내렸다.

"뭐야. 아카리랑 하쿠아구나……."

그곳에는 동기 여성 대원, 미나세 아카리와 이가라시 하쿠아가 서 있었다. 아카리는 남을 잘 돌보는 타입이라 무슨 일만 있으면 이것저것 신경을 써 준다. 하쿠아는 남자들 못지않게 체구가 큰 여장부. 동기 여자 대원 중에서는 키코루와 특히 마음이 잘 맞는 사람들이다.

아카리는 스포츠음료를 손에 들고 있었다.

"키코룽, 수고했어. 하나 마실래?"

"고마워. 잘 마실게."

"무슨 일인데 그렇게 미간에 주름을 잡고 있는 거야?" 하쿠아가 말했다.

"딱히 대단한 일은 아니지만……."

운동 시설 쪽에서 다시 카프카와 동기들의 커다란 함성이 들려왔다.

"저 녀석들 때문에. 봐, 또 소란 피우고 있잖아."

"히비노 씨랑 남자 동기들?"

"응. 하여간 저 녀석, 어제 얼마나 심각했는지 알아? 인터뷰도 구멍이 뻥뻥 뚫려서는……. 내가 지원사격을 해주지 않았으면 두 눈 뜨고 못 봐줄 정도였을걸?"

키코루가 열변을 늘어놓자, 아카리가 입가로 손을 가져가 쿡쿡 웃었다.

"……? 뭐야? 왜 그러는데?"

"키코룽이 요즘 히비노 씨 이야기를 자주 한다 싶어서."

"…………."

말의 의미를 한 박자 늦게 이해하고——키코루의 얼굴이 뜨거워졌다.

"뭐, 뭐어?! 그, 그게 무슨 소리야!"

"확실히 그렇긴 하지." 옆에 있던 하쿠아도 고개를 끄덕였. "게다가 이야기할 때 묘하게 즐거워 보여."

"하쿠아까지 무슨 소리야! 내가 그럴 리——."

반론하려 했지만 짚이는 것이 많다. 어제도 그렇고, 요즘 들어 카프카 생각을 자주 하고 있는 것 같은 기분이 든다. 어째서 그 녀석 생각을 이렇게 많이 하고 있는 걸까?

"오, 여기 있었나?"

뒤쪽에서 칸사이 억양이 들려왔다. 돌아보니 호시나가 서 있었다.

"호시나 부대장님, 무슨 일이십니까?"

"마침 이야기할 게 있었거든. 그런데 시노미야, 혹시 검술에 소양이 있나?"

"검술?" 질문의 의도를 이해하지 못한 키코루가 작게 갸웃거렸다. "부대장님이라면 알고 계시겠지만, *무예 18반——궁술, 마술, 검술 등을 얼추 익혀 두었습니다."

"일단 확인차 물어본 거다. 아, 맞아. 내일 오전 훈련 말인데, 훈련을 빠지고 오퍼레이션 룸으로 와줄 수 있을까? 잠깐 용무가 있어서."

"그건 상관없지만——."

"그렇지. 시노미야, 게는 좋아하고?"

"네?" 다시 건네진 갑작스러운 질문에 키코루는 고개를 갸웃거렸다. "……갑자기 무슨 말씀이시죠?"

---
*무예 18반 : 일본의 18가지 무예를 뜻함.

"알레르기는 없고? 갑각류는 알레르기가 있는 사람도 제법 많잖아?"

"좋아하는 음식이고, 알레르기는 없습니다."

"그거 다행이네. 그럼 그렇게 부탁할게."

그렇게만 말하고 호시나는 그대로 자리를 떠났다.

"마지막 질문은 뭐였지……?"

"과업에서 빠지면서까지 불러내다니, 키코룽, 표창이라도 받는 건가?"

"게를 사 주시려는 거 아냐?"

아카리와 하쿠아는 별일 아니라는 듯이 이야기를 꺼냈지만, 키코루는 속으로 초조함을 느꼈다.

사가미하라 임무에서 호시나는 괴수 8호와 대치했다. 호시나의 관찰력과 예리함을 생각할 때, 뭔가 다른 정보를 잡았어도 이상하지 않으리라.

'설마 히비노 카프카에 대해 물어보려는 건——.'

키코루는 자신이 또 카프카와 관련된 생각을 하고 있다는 걸 깨달았다. 머릿속에서 그 생각을 내쫓듯이 머리를 옆으로 붕붕 흔들었다. 운동 시설에선 여전히 카프카의 큰 외침이 들려오고 있었다.

'아악, 정말. 이런 때에 왜 저렇게 소란을 피우는 거냐고!'

3

 다음 날 오전, 키코루는 슈트를 입고 오퍼레이션 룸으로 향했다. 카프카의 정체를 추궁받을 경우를 위한 변명거리도 몇 가지 준비해 왔다.
 문을 노크하자, 안에서 호시나의 "들어와"란 목소리가 들려왔다.
 "시노미야 키코루, 실례하겠습니다."
 호시나만이 아니라 대장인 아시로 미나까지 모여 있었다. 두 사람과 키코루 사이에 있는 탁자 위에 육중한 케이스가 놓여 있었다. 케이스에는 케이블이 연결되어 있었고 오퍼레이터가 무언가의 데이터를 체크하고 있는 듯했다.
 "시노미야, 어제 훈련이 있었는데 바로 불러내서 미안하다."
 "아시로 대장님, 호시나 부대장님. 이건——."
 "편하게 듣도록. 네게도 나쁜 이야기는 아니니까."
 나쁜 이야기는 아니다? 그렇다면 괴수 8호와 관련된 게 아닌 걸까?
 대장인 아시로가 키코루를 바라보며 엄숙하게 말했다.
 "시노미야 키코루, 네게 전용 무기를 지급하겠다."

"제 전용 무기요?!"

조금도 예상 못 한 단어에 키코루가 눈을 크게 떴다.

전용 무기——각 부대의 대장과 부대장급 전력에 지급되는 괴수 토벌용 무기다. 아시로가 가진 대구경 기관포, 호시나가 가진 도검 등이 이에 해당한다. 매우 강력한 반면, 평범한 대원의 해방 전력으로는 마음대로 다루는 것조차 불가능하다고 들었다.

'뭐야. 괴수 8호 일이 아니었네? 그럼 그거대로 상관없지만.'

키코루는 휴우 하고 한숨을 쉰 뒤, 두 사람을 향해 다시 바로 섰다.

"지급받을 수 있는 건 대장 격부터 아닌가요?"

"보통은 그렇지만, 현 상황을 고려한 판단이야."

아시로의 말에 따르면, 올해 출현한 괴수의 강도와 빈도 등을 고려한 끝에 나온 결과라고 했다.

"뭐, 안심하도록. 순수하게 네 실력을 고려한 결과니까. 네가 방위대 장관님과 과거 제2부대 대장님의 자식이기에 주어지는 혜택은 전혀 아니다."

"그런가요? 물론 그런 생각은 하지 않았습니다만."

자신의 실력이 이 부대 내에서도 뛰어나다는 걸 키코루는 자각하고 있다. 눈앞에 있는 두 사람——아시로 대장과 호시나 부대장에는 못 미친다는 사실 역시.

"그럼 연다? 이즈모 테크스와 우리 쪽 과학과가 협력해 제작한 특수 주문품이지. 아직 프로토타입이라 개량의 여지는 있지만, 이것이 네 전용 무기다."

호시나가 케이스 옆에 있는 생체 인증 시스템에 손을 얹었다. 케이스가 열리고 새하얀 액체 질소 연기가 가시자, 거대한 무기가 모습을 드러냈다.

"이것이 내 전용 무기……!"

케이스 안에 들어있는 것은, 키코루의 키를 넘을 정도로 거대한──대검이었다.

"어때, 마음에 들어?"

"지금 시점에서는 마음에 들고 뭐고가 없겠지. 무기는 사용해봐야 아니까."

아시로의 말에 호시나는 고개를 끄덕였다.

"당연한 말씀. 시노미야, 지금 훈련장에 갈 수 있나?"

"시연을 보이라는 말씀이군요. 물론 바라는 바입니다."

케이스를 닫고 무기 반출 준비를 하는데 누가 밖에서 문을 두드렸다. 문을 열자 방송국 취재팀이 서 있었다.

"취재팀? 어째서?"

"내가 불렀어. 시노미야 대원이 재밌는 걸 보여줄 테니, 괜찮으면 와서 구경하라고."

"……훈련장에서도 그렇고, 저를 날뛰게 만들 생각이 가득하시군요." 키코루는 슈트의 지퍼를 목 끝까지 올렸다. "알겠습니다. 제 전용 무기, 시험해 보겠습니다."

일동은 실외 훈련장으로 이동했다. 날씨도 쾌청해 햇볕이 내리쬐고 있었다. 오코노기를 포함한 오퍼레이터들과 무기 개발에 참여한 과학과의 멤버들도 모였다.

"모인 인원수가 상당하네요."

"전용 무기 개발이 자주 있는 일은 아니거든. 제3부대에서도 지금까지는 나와 대장님 둘만이 가지고 있었지. 거기서 네가 세 번째가 되는 거니까."

'그래. 기대받고 있는 거야. 그렇다면 그에 부응해야겠지.'

키코루는 슈트의 전력을 해방했다. 슈트에 삽입된 괴수 근육이 몸과 동조되어 갔다. 케이스의 인증을 해제하고 대검을 어깻죽지 앞에 세워 자세를 잡으니, 칠흑색 도신이 태양 빛을 반사했다. 그대로 앞을 겨눠 대검을 아래로 휘두르자 휘오── 하고 바람을 가르는 힘찬 소리가 울려퍼졌다.

"……크기에 비해 상당히 가벼운걸."

"그건 말이죠!" 오코노기가 동그란 안경을 밀어 올렸다. "작년에 하마마츠에 나타난 파충류 계열 괴수의 등껍질을 가공한 거라서 그래요. 이즈모 테크스 쪽에서도 가공에 극도의 어려움을 겪었지만, 경량화와 강도 모두 만족스러운 수준으로 완성할 수 있었다고 해요."

"그런가요……? 기업 노력의 산물이네요."

키코루가 지정된 위치에 도착했다. 지금부터 하려는 건 배치된 타깃을 파괴해 타임 기록을 겨루는 기초적인 훈련. 간이 텐트 밑에서 오코노기 일행과 함께 있는 아시로가 팔짱을 끼고 예리한 눈동자로 이쪽을 바라보고 있었다. 완전 해방 전력 96%──키코루를 아득히 앞서는 이 제3부대의 최대 전력.

'사가미하라의 일로 깨달았어. 지금의 난 아직 대장님에게도, 부대장님에게도 한참 미치지 못해.'

「시노미야 대원, 10부터 카운트하겠습니다. 10, 9…….」

통신기에서 오코노기의 목소리가 울렸다.

숨을 깊게 들이쉬자 슈트가 몸에 감겨 들었다. 깊게 들이쉰 산소가 전신의 혈액을 타고 몸 구석구석으로 퍼져 나갔다.

「2, 1──0!」

카운트가 끝남과 동시에 키코루는 점프했다.

우측 전방, 블록 벽 그늘에서 타깃이 출현했다. 곧바로 뛰어오르며 대검을 휘둘러 날려버렸다. 뛰어오른 기세를 죽이지 않고 그대로 몸을 뒤집어 벽 위에 착지. 다음 타깃이 등장한 곳은 정면에 있는 단독 주택 지붕 위. 벽을 차고 뛰어올라 검을 크게 휘둘러 파괴했다.

"다음!"

평범한 크기의 진검도 휘두르는 데에는 어마어마한 근력이 필요하다. 이렇게 거대한 검이면 말할 것도 없다. 슈트를 입으면 자동차도 가볍게 들어 올릴 수 있는 키코루지만, 대검을 완벽히 다룰 수 있을지는 미지수였다.

하지만 그런 건 기우에 불과했다. 검은 깃털처럼 가벼웠다.

'나 참. 이거 어처구니없는 무기잖아?'

마지막 타깃을 파괴하고 키코루는 오코노기 일행이 있는 곳으로 향했다.

"결과는?"

"타임──1분 3초. 추정 해방 전력 57%!"

일동 사이에 술렁임이 번졌다. 이전보다 훨씬 줄어든 신기록. 1년 차 신입이 낼 수 있는 기록이 아니다.

방송국 취재팀도 괜찮은 장면을 찍은 모양인지 만족스러워 보였다.

하지만 당사자인 키코루는 얼굴에 미소조차 떠올리지 않고 있었다.

"왜 그러지? 좋은 성적인데 왜 그런 시무룩한 얼굴이야?"

"……다루기는 편한 것 같지만, 솔직히 말해 충분하지 않습니다. 저런 표적을 공격해 봤자 이 녀석의 성능을 알 수 있는 건 아니니까요."

키코루와 대원들이 현장에서 상대하는 건 움직이지 않는 표적이 아닌 자기 신체의 수백 배에 달하는 커다란 괴수다. 이 훈련으로는 성능의 10퍼센트도 끌어내지 못할 것이다.

"호시나." 아시로가 말했다. "제5연습장에 이세하라에서 포획한 괴수를 풀어놨었지?"

"네. 여수 세 마리와 본수 한 마리입니다."

"생태 조사 및 유니 기관의 분석은 이미 마친 것으로 안다. 입대 시험에 쓰기에는 포티튜드가 높았지만, 시노미야의 상대가 되기에는 안성맞춤이겠지."

"수치는요?"

키코루의 물음에 오코노기가 전자 태블릿을 조작한 뒤에 답했다.

"포획 시 본수의 추정치는 6.2였습니다."

"……좋은데?"

괴수 9호에게 당한 대미지가 있었다지만, 입대 시험에서 손 쓸 엄두도 내지 못한 본수의 추정 포티튜드는 6.4였다. 당시와 비교해 얼마나 성장했는지 시험해 볼 수 있다.

"그럼 전 바로 관련 부서에 이야기하고 오겠습니다. 오코노기, 도와줄래?"

호시나와 오코노기 두 사람이 함께 본청사로 떠났다.

"시노미야, 네 힘을 보이도록."

꿰뚫는 듯한 아시로의 안광에 키코루는 경례로 답했다.

"네!"

4

30분 뒤, 일동은 기지 내에 있는 제5연습장에 도착했다. 지방 도시의 역 앞 거리를 상정한 시가지형 연습장으로, 높고 두꺼운 방벽이 부지를 둘러싸고 있는 곳이다. 입대 시험이 이루어진 제2연습장과 비교하면 상대적으로 규모가 작다.

아시로와 호시나 등의 대원과 취재팀은 격리벽 위쪽 관제실에 모여 있었다. 연습장 내에 있는 괴수의 위치 정보를 모니터링하면서 격리벽 폐쇄 등과 같은 조작을 할 수 있는 곳이다. 한편, 키코루는 아래층으로 내려가 무기 테스트 준비를 하고 있었다.

"호시나."

아시로가 작게 귓속말했다. 뒤에 있는 취재팀이 대화를 듣지 못하게 하기 위해서다.

"왜 그러십니까, 대장님?"

"준비가 너무 매끄럽군. 이 테스트, 내가 말을 꺼내기 전부터 준비하고 있었지?"

"……들켰군요." 호시나가 조용히 웃었다. "시노미야의 성격상 평범한 훈련으로 만족할 리 없으니까요. 방송국 카메라까지 들어와 있으니 어필할 절호의 기회 아닙니까. 포획한 괴수도 꽤 재밌는 특성을 가졌고요."

"오코노기, 괴수 데이터."

"네. 그러니까, 여기 있습니다."

화면에 상세한 데이터가 떴다.

"제가 출장 가서 산 채로 포획한 놈입니다. 움직임이 그럭저럭 느리고 성격도 거칠지 않죠. 사로잡는 건 비교적 쉬웠습니다. 다만, 토벌이라면 이야기가 달라지죠."

"이걸 시노미야와 붙게 하겠다고? 성격 한번 끝내주는군."

"그거, 칭찬인가요?"

"아니."

아시로의 대답에 호시나가 웃으며 통신기의 전원을 켰다.

"시노미야, 슬슬 준비됐나?"

"언제든 가능합니다."

키코루는 무기를 잔뜩 실은 수송차에 타고 있었다. 운전은 수송팀 대원이 맡았다. 연습장으로 이어지는 제1격리벽이 열리고 수송차가 움직였다. 제5연습장은 괴수 대책으로 이중 격리벽이 마련돼 있다. 연습장 내에 진입하자 운전사는 격납고로 돌아갔다. 키코루 홀로 격리벽 사이에 남겨진 형태다.

"그럼——."

수송차에는 전용 무기인 대검은 물론 탄약과 같은 다른 무기도 적재되어 있었다. 손에 익은 무기를 사용해도 되는 것 같았다. 키코루는 대검을 밖으로 꺼내던 도중, 차량 안쪽에 있는 은색 케이스를 발견했다. 대검이 보관된 케이스보다도 컸다.

"호시나 부대장님, 이 커다란 건 뭔가요?"

「아, 이즈모 테크스가 시험 삼아 제작한 또 다른 무기다. 의뢰한 규격에서 벗어나 있어서 보류해 둔 상태지.」

한순간 흥미가 일었지만, 아무래도 실패작인 듯했다.

대검 외에도 소총을 손에 들고 키코루는 밖으로 나왔다. 상공에는 드론 세 대가 떠서 주변을 경계하고 있었다. 한 대는 방위대, 다른 두 대는 취재팀이 관제실에서 날린 것 같았다.

「연습장 내에 있는 괴수는 전부 토벌 가능하다. 봐줄 필요는 없어.」

"알겠습니다."

생체 인증으로 케이스를 개봉했다. 키코루는 대검을 꺼내 어깨 위에 얹었다.

"이 녀석의 성능을 마음껏 시험해 주겠어."

키코루가 전신에 힘을 주자 슈트가 신체와 동조했다.

눈앞에 있는 제2격리벽이 좌우로 천천히 열렸다.

괴수에 대한 자세한 정보는 호시나에게 듣지 못했다. 실전에서는 정보를 모르는 괴수와 대치하는 것이 일상이다. 전투를 통해 상대의 특성을 알아낼 수밖에 없다. 그에 더해 높은 포티튜드. 만만치 않을 것이다. 하지만 키코루의 얼굴에는 자신감이 넘쳤다.

"균류계? 파충류계? 어떤 녀석이든 나오라고 해."

——이 검으로 양단해 주겠어.

문이 완전히 열렸다.

키코루는 눈앞에 펼쳐진 연습장으로 뛰어 들어갔다.

하지만,

"……어?"

저도 모르게 얼이 빠지고 말았다. 눈앞에 펼쳐진 것은 한산한 지방 도시의 역 앞 로터리 풍경. 전국 시대 무장의 동상이 덩그러니 놓여 있을 뿐, 괴수의 모습은 어디에도 보이지 않았다.

'없잖아……. 어딘가에 숨어 있나?'

정면으로 곧게 뻗은 도로 양쪽에는 상점, 오른쪽으로 뻗은 길에는 민가가 늘어서 있었다. 키코루는 민가 쪽으로 걸음을 옮기며 그늘 속에 괴수가 숨어 있지 않은지 주의를 기울였다.

'호전적인 성격은 아니라는 뜻인가? 좋아, 찾아내서——.'

바로 그때, 키코루의 시점에서 왼쪽에 있는 어느 가옥이 갑자기 흔들리기 시작했다. 다음 순간, 집의 현관을 뚫으며 1미터는 되어 보이는 커다란 집게발이 튀어나왔다.

"……!"

키코루는 크게 도약해 어느 집 지붕 위로 뛰어올라갔다. 도로 하나를 낀 건너편 집이 마치 국지적인 지진 피해라도 당한 것처럼 쿠릉쿠릉 흔들리고 있었다. 가옥이 번쩍 들리며 어마어마한 양의 분진이 피어올랐고, 그 집 아래쪽엔 커다란 집게발 두 개가 튀어나와 있었다.

"잠깐만! 게를 좋아하냐는 게 이런 뜻이었어?!"

"——첫 발견자는 고등학생이었지."

사건이 벌어진 것은 작년 8월. 카나가와 현 이세하라 시 산속이었다. 폐허에 유령이 나온다는 소문을 들은 고등학생 네 명이 담력 시험을 하러 갔다. 이변은 고등학생들이 부지에 발을

디딘 직후에 벌어졌다. 갑자기 폐허가 잘게 흔들리며 움직이기 시작한 것이다. 그리고는 집게발 하나가 창문을 뚫고 나타난 뒤에——.

"그 자리에서 한 명이 공격받았습니다. 오른쪽 다리를 절단해야 하는 중상이었죠."

호시나의 말에 화면을 바라보던 방송국 취재팀이 숨을 들이켰다.

"저 모습, 혹시 갑각류 계열의 괴수입니까?"

가옥이 위로 들리며 괴수의 전체 모습이 훤히 드러났다. 커다란 집게발이 둘. 좌우 양쪽으로 가느다란 다리 셋과 짧은 다리 하나로 다리가 여덟. 신체는 전신이 단단해 보이는 껍데기에 덮여져 있었다.

"짐작하신 대로입니다. 지면을 파고들어가 건축물의 토대를 먹어 치워 집에 잠입하죠. 그리고는 가까이 다가오는 포획물을 두 개의 집게로 공격합니다." 호시나는 얼굴 옆에 피스를 만들어 가위처럼 손가락을 까딱였다. "일반 대원의 작열탄으로는 저 갑각을 뚫는 것조차 불가능했습니다. 자아, 어떻게 할 거냐, 시노미야."

키코루는 소총을 견착한 뒤, 괴수의 집게발을 향해 작열탄을 소사했다. 섬광과 함께 울려 퍼지는 폭발음. 키코루는 해방 전력이 높으니 평범한 여수라면 이것으로 토벌되었으리라. 하지만 분진이 걷힌 곳에는 괴수가 태연한 얼굴로 가옥을 뒤집어쓰고 있었다. 아무리 그래도 대미지가 제로는 아닌지 껍데기에 어느 정도 생채기는 나 있었지만——.

"단단하네……."

총에 의한 정면 공격으로는 아무리 키코루여도 시간이 걸릴 것 같았다.

키코루는 소총을 지붕 위에 내려두고 두 손으로 대검의 손잡이를 강하게 쥐었다.

"자, 간다."

괴수가 다리를 번쩍 치켜들며 집게발을 뻗어 공격해 왔다.

키코루는 지붕에서 점프해 바로 아래에 있던 괴수를 향해 대검을 휘둘렀다. 중후한 소리가 공기를 찢고, '으적' 하는 커다란 파쇄음이 뒤따랐다. 고작 한 번의 휘두름으로 괴수의 집게발이 반으로 갈라졌다. 괴수의 머리에 튀어나와 있던 두 개의 검은 눈. 자신의 집게발에 무슨 일이 벌어진 건지 전혀 이해하지 못한 그 두 눈은 그저 멍해 보였다.

"한 번 더!"

정면에서 대검을 때려 박은 뒤, 그 기세 그대로 괴수의 머리

쪽으로 파고들었다. 단단한 껍데기가 마치 과실처럼 찌부러지며 노란 기가 도는 투명한 액체가 사방에 흩날렸다.

"일단 하나."

이어서 키코루는 슈트의 힘을 발휘해 빌딩 벽을 달려 올라가 광활한 하늘로 점프했다. 도시 전체를 조감하는 키코루의 시야 오른쪽 끝에서 무언가가 움직였다. 반파된 목조 단독주택이 흔들리고 있었다.

"저기구나!"

지붕을 옮겨 뛰며 목적지까지 빠르게 이동. 키코루가 목조 건물 앞에 착지함과 동시에 지붕이 위로 들썩이며 집게발이 튀어나왔다. 대검을 휘둘러 그 발을 깨부수는 키코루. 가옥 밑에서 괴수가 날카로운 비명을 질렀다. 키코루는 검을 앞으로 내밀어 정면에서 괴수의 머리를 꿰뚫었다. 검을 뽑음과 동시에 괴수의 몸이 지면으로 무너져 내렸다.

"두 마리."

그 직후, 뒤에서 바람을 가르는 소리가 들렸다. 뒤를 돌아보자 커다란 집게발이 눈 바로 앞까지 육박해 들어오고 있었다. 검을 세로로 세워 칼날로 집게발을 받아냈다. 세 번째 여수가 근처에 숨어 있었던 것이다. 그 여수는 무너진 콘크리트 맨션의 일부를 짊어지고 있었다.

다시 집게발이 공격해 들어왔다. 키코루는 대검을 가로 방향으로 휘둘러 집게발의 관절을 날려버렸다. 추격해 오는가 싶었지만, 괴수는 몸을 돌려 도주했다.

"놓칠 것 같아?"

키코루는 도움닫기를 하여 위로 점프, 괴수의 등을 향해 대검을 휘둘렀다. 등에 짊어진 콘크리트를 뚫고 괴수의 껍데기에 대검이 닿았다. 그러나 검은 닿기만 한 상태에서 멈춰버리고 말았다.

'양단하지 못했어?!'

키코루는 일단 검을 회수했다. 괴수는 등을 돌린 채로 도주에 전념했다. 키코루는 즉시 쫓아가 조금 전과 같은 곳을 향해 검을 때려 넣었다. 대검은 훤히 드러난 껍데기를 꿰뚫고 괴수의 몸을 그대로 갈라버렸다.

"세 마리!"

괴수가 짊어지고 있던 콘크리트가 근처로 흩어져 떨어졌다. 가까이 다가가 살펴보니 호박석 같은 황갈색의 고체가 달라붙어 있었다.

호시나에게서 통신이 들어왔다.

「역시 대단하군. 이 수준의 여수로는 상대가 안 되는 건가.」

"호시나 부대장님, 어제 저한테 게를 좋아하냐고 질문하신 것

말인데요……."
「아~. 알레르기가 없다고 해서 안심했지.」
"먹기는커녕 먹히는 쪽이잖아요?!"
「그렇진 않아. 이 정도는 여유일 거라고 생각했거든.」
"그건 그렇지만, 하지만……."
「뭐야, 불만이라도 있어?」
 아주 약간의 의문점이 남는다. 키코루는 괴수의 등을 향해 시선을 떨어트렸다.
"괴수가 짊어지고 있던 콘크리트가 황갈색의 접착제 같은 물질에 덮여 있었습니다. 건물 파편들이 단단하게 엉켜 있는데, 유니 기관에 의한 건가요?"
 유니 기관──괴수가 보유한 특수한 기관으로, 괴수별로 다양한 특성을 지니고 있어 방위대의 일부 장비는 그것을 병기로 이용하고 있다.
「그래. 등에 있는 유니 기관이 점성 액체를 생성하거든. 방출된 액체는 공기에 닿으면 급속도로 말라 응고되는데, 건축물과 함께 단단한 갑옷으로 변하지.」
"갑옷……. 어쩐지."
 괴수는 양단했지만, 한 번에 처리하지 못했다는 불만이 있었다. 손에 쥐고 있는 대검의 사용감은 매우 좋다. 그건 역시 이 무기의 가벼움에 기인하는 것이다. 하지만 그렇기 때문에 불만이 생기는 것이다.
「남은 건 본수 한 마리로군. 힘내도록.」
 여수조차 단독주택을 짊어질 정도다. 더 큰 건물, 예를 들어 빌딩을 통째로 짊어지고 있을 가능성도 있다. 키코루는 연습장 내에 있는 대형 건조물을 둘러보았다. 일본식 가옥, 연립주택, 주상복합 빌딩 등등. 하지만——.
'어디에도 없잖아?'
 연습장 내는 고요에 싸여 작은 소리 하나 들려오지 않았다. 적막한 폐허가 어디까지고 펼쳐져 있을 뿐이다.
'그러고 보니 처음으로 그 녀석의 정체를 알게 된 것도 연습장이었지.'
 시험 도중에 습격한 괴수 9호. 쓰러트린 괴수의 재생. 부상을 입은 상태였다고는 하지만, 당시의 키코루는 아무것도 하지 못했다. 그때 구해준 것이 괴수 8호——히비노 카프카다.
'다시 생각해 보니 엉망진창이긴 하네. 방위대 감시하에 있는데 변신해서 달려오고 말이야. 정말 무슨 생각을 하는 건지.'
 길을 되돌아오기 시작한 키코루는 대로변에 너덜너덜해진 패밀리 레스토랑 건물이 있는 것을 발견했다. 그 건물을 보고, 키코루는 입대 후 카프카와 레노까지 셋이 함께 패밀리 레스토랑에 갔던 일을 떠올리게 되었다.

 방위대에 입대하고 얼마 지나지 않았을 때. 카프카와 레노가 키코루를 도쿄 내에 있는 패밀리 레스토랑으로 불러냈다. 연습장에서 카프카가 괴수로 변신한 일을 설명하기 위해서였다. 어떤 비밀을 듣게 되려나 했는데——.
 "뭐어?! 괴수를 먹고 괴수가 됐다고?!"
 듣게 된 것은 괴수를 먹었더니 변신할 수 있게 됐다는, 쉽게 믿지 못할 이야기였다. 하지만 카프카와 레노 모두 농담의 기색이 없는 진지한 모습이었다. 방위대에 이야기하면 카프카는 병기의 파츠로 이용될지도 모른다.
 "날 구해주기도 했으니 일단은 입다물고 있어 줄게. ——그 대신, 만약 당신이 인류에게 해악을 끼치는 괴수란 사실이 밝혀지면 내가 당신을 죽일 거야."
 패밀리 레스토랑에서 눈앞에 앉아 있는 카프카——괴수 8호에게 키코루는 선언했다.
 협박이 아니었다. 진심으로 한 말이었다. 만약 향후 시민에게 그 이빨을 드러낸다면 망설임 없이 토벌할 생각이었다.
 동요할 거라고, 그렇게 생각했다. 바로 방금 전까지 눈앞에 있던 남자는, 자신의 두 배에 가까운 인생을 살았다고는 생각하지 못할 정도로 한심한 소릴 외치고 있었으니까.
 하지만 예상외로 카프카는 웃음을 지었다.
 "──그래. 그땐 잘 부탁할게."
 "……!"
 마치 자신의 운명을 받아들인 것처럼, 그게 당연하다는 식으로 웃었다.
 키코루 쪽이 반대로 당황하고 말았다.
 "그럼, 이야기도 끝났으니 슬슬 돌아갈까? 너까지 끌어들여서 미안했다, 이치카와."
 계산서를 들고 일어나는 카프카를 보고,
 "──기다려."
 키코루는 어마어마하게 험악한 목소리로 말했다. 카프카의 등이 움찔 떨렸다.
 "왜, 왜 그러시는지요……? 또 뭐가 남았나?"
 "모처럼 시내까지 나왔는데, 잠깐 어울려줘."
 "어울려 달라니……. 어딜 가려고?"
 키코루는 테이블 위에 있는 컵을 가리켰다.
 "드링크바로 휴일의 티타임을 보낸다니, 웃기지도 않는다고."
 그렇게 찾아간 곳은 역을 두 번 갈아탄 곳에 위치한 홍차 가게. 1층에서는 홍차를 팔고 2층은 카페로 꾸며진 장소. 키코루가 미국에 가기 전에 가끔 이용하던 곳이다.

 안내된 창가 자리에는 반원의 아치형 창문에서 부드러운 햇살이 쏟아져 내려오고 있었다. 세련되고 차분한 분위기가 감돌았다.

 마주한 카프카는 단단히 굳어서 수상쩍게 주변을 두리번거렸다. 메뉴판을 보고는 옆에 앉은 레노에게 귓속말을 한다.

 "이봐, 이치카와. 완전 장난 아닌데. 이게 다 뭐야? 본 적 없는 글자가 늘어서 있어. 이거 홍차 맞지?"

 "정말 굉장하네요. 다르질링에 이렇게나 많은 종류가 있을 줄이야……."

 "남링 킹 어퍼란 게 뭐냐? 어딜 어떻게 봐도 필살기 이름이잖아……."

 "선배, 이거 보세요. 가격……."

 "아니, 한 잔에 점심 식사 두 끼 값이 넘는다고? 어떻게 된 거야?"

 "……너무 속된 대화는 하지 말아 줬으면 하는데. 게다가 한 잔이 아니라 티포트 단위로 나오거든."

 더 소란을 피우면 안 좋은 의미로 눈에 띌 것 같았기에 키코루는 홍차와 디저트를 적당히 골라 주문했다. 점원이 컵과 티포트를 가져왔다. 첫 잔은 점원이 따라주는 형태. 청량감 있는 그윽한 향기가 퍼졌다.

"캐슬턴의 퍼스트 플러시야. 스트레이트로 마실 수 있어."

카프카는 멈칫거리며 조심스럽게 컵을 들고는 본인의 입가로 가져갔다.

"오, 오오. 굉장한걸? 뭔가 세련되고, 품위 있고, 뭔가…… 엄청난 맛이 나."

"처음 알았어. 괴수가 되면 어휘력이 떨어지는구나."

"원래 이랬거든? ……아니, 잃어버렸다고 해 두는 게 더 나으려나?"

카프카의 옆에서 레노가 한 모금을 머금은 뒤, 눈을 동그랗게 떴다.

"대단한데. 감미와 향기가 몸을 통과하듯이 순식간에 빠져나가네."

"뭐, 뭐냐, 이치카와, 너! 꽤 그럴듯한 리뷰를 하다니!"

"딱히 대단한 소리를 하진 않았다고 생각하는데요……."

"제길. 맛있지만…… 뭔가 잘 표현할 수 없는 맛이야……."

카프카가 동요하는 얼굴을 보고 키코루가 히죽 웃었다.

"후훗. 딱히 창피해할 일은 아니야. 지금까지 마셔본 적 없지? 혀가 따라오지 못하는 것도 무리는 아니지."

"크으윽……!"

분한 표정을 지은 카프카가 키코루에게 척 하고 손가락을 내밀었다.
"으스대지 마! 나도 말이지, 네가 모르는 것 정도는 마셔본 적 있다고!"
"당신은 마셔본 적 있고 난 마셔본 적 없는 것……?" 키코루는 입가에 손을 대고 생각에 잠겼다. "흙탕물이라거나?"
"나도 마셔본 적 없거든?! 흥, 그 맛을 모른다니 정말 안됐네 그래!"
"설마 맥주라고 하려는 건 아니지? 난 미성년자야."
"……!"
카프카의 움직임이 우뚝 멈췄다.
"선배. 아무리 그래도 그건 어른스럽지 못하다고 할까……."
"하, 하하하. 무슨 소리냐, 이치카와. 그럴 리 없잖아. 그래. 그게, 그러니까…… 그렇지!"
카프카가 밝은 얼굴로 키코루의 코끝에 손가락을 쑥 들이밀었다.
"라무네다!"
고비의 순간에 묘안을 떠올렸다는 얼굴이다.
하지만——.
"라무네? 나도 알아. 그 탄산음료를 말하는 거지?"

"크윽, 알고 있었나……. 하지만 마셔본 적 있어? 유리구슬 꺼내는 방법은 알고?"

"……유리구슬? 음료수 이야기를 하는데 유리구슬이 왜 나오는 거야?"

그 말에 카프카가 입을 크게 벌리며 웃었다. 팔짱을 끼고 가슴까지 폈다.

"좋아, 이겼다! 아무리 너라 해도 라무네는 경험하지 못한 모양이군!"

"선배, 그런 사소한 일로 자랑스러워하지 말아 주세요……."

카프카의 태도에 키코루는 저도 모르게 발끈해선 볼을 부풀렸다.

"흐음. 그렇게까지 말한다면 다음에 꼭 마셔봐야겠네. 맛없으면 가만 안 둘 거야."

'……그런 바보 같은 대화를 했지.'

대로를 걸으며 키코루는 멍하니 회상했다. 그리고는 자신이 또 카프카 생각을 하고 있다는 걸 깨달았다. 생각을 머리에서 쫓아내듯이 고개를 옆으로 내저었다.

'……뭐야. 이래선 정말로 아카리의 말이 맞는 것 같잖아.'

삐빅 하고 귓가에서 오코노기의 통신이 들렸다.

「시노미야 대원, 괜찮으세요?」

"괜찮다니, 뭐가요?"

「바이털에 이상이 보입니다. 심박수가 약간 상승한 것 같은데요……」

"……! 그, 그냥 괴수가 보이지 않아서 초조해진 것뿐! ……입니다!"

 그 이후로 키코루는 부지 끝 격리벽에까지 도달했지만, 본수와는 결국 마주치지 못했다.

「흠음.」 호시나한테서 통신이 들어왔다. 「아무리 봐도 보이지 않네. 시노미야, 일단 입구로 돌아오도록.」

"……네. 복귀하겠습니다."

 괴수는 어딘가에 숨어 나오지 않는 듯했다. 똑바로 뻗은 도로를 걸어가자 정면에 연습장 입구인 역 앞 로터리가 보였다. 도로에는 크게 금이 가 있었다. 역 앞에 발을 내디딘 순간──콰르릉 하고 지면이 흔들렸다.

"?!"

 키코루의 바로 옆, 도로의 아스팔트를 뚫고 거대한 집게발이 나타났다.

"……!"

 키코루는 뒤로 크게 점프했다.

도로 밑에서 나타난 것은 여수의 몇 배는 되어 보이는 크기의 갑각류계 괴수. 어마어마한 양의 아스팔트와 흙을 몸을 단단히 두르고 있다.

"'돌아오도록'은 무슨. 다 알고 있었으면서! 진짜 성격 나쁘다니까……!"

「시노미야, 통신 다 들린다고~. 나중에 팔굽혀펴기 시킨다?」

"……네! 뭐, 됐어. 수고를 덜었으니까."

키코루가 대검을 머리 위로 크게 휘둘렀다.

'전력, 완전 해방!'

주변의 대기가 찌릿찌릿 진동했다.

키코루는 단번에 뛰쳐나갔다.

파편을 끌어모은 괴수의 머리에 대검을 휘둘렀다. 키코루가 날린 일격은 그 괴수의 머리를 너무나도 쉽게 양단──하지 못했다.

"?!"

대검은 커다란 소리를 울리며 단단히 응고된 아스팔트에 튕겨 나갔다. 생채기가 나고 파이기는 했지만, 껍데기까진 닿지 못했다.

"……! 한 번 더!"

키코루는 괴수의 거대 집게발을 향해 검을 휘둘렀다. 그 커다란 집게발에도 어마어마한 양의 흙과 돌이 뒤엉켜서 코팅되어 있었다. 이번에도 검이 튕겨져 돌아왔다.

'힘에서 밀렸어?!'

공격을 두 번이나 받고도 괴수는 아무런 타격을 받지 않았다. 검은 눈알로 키코루를 가만히 바라보며 마치 도발하는 것처럼 거대 집게발을 들이밀었다.

"……이 자식!"

연습장 내 괴수의 위치는 관제실에서 빠짐없이 모니터링되고 있었다. 키코루가 입구로 돌아온 순간, 괴수와 마주칠 거란 건 이미 예상하고 있던 일이다.

"아무리 시노미야여도 본수를 일격에 쓰러트리지는 못했나."

호시나의 혼잣말에 오코노기가 괴수의 데이터를 보며 고개를 끄덕였다.

"본수의 갑각 두께는 여수의 몇 배나 됩니다. 유니 기관에서 분비되는 액체의 양도 많고요. 아스팔트를 두른 갑각을 돌파하는 건 소대장급도 쉽지 않을 거라고 봅니다……."

그 말에 디렉터가 물었다.

"호시나 씨, 그렇다면 어떤 대처법을 생각할 수 있습니까?"

"약점은 있습니다. 제일 먼저 들 수 있는 건 관절부를 노리는 방법이죠. 실제로 포획했을 때도 대원들에게 그렇게 대처하게 시켰으니까요."

"그렇군요. 호시나 씨도 그 방법으로……."

"아뇨─. 저라면 평범하게 베어낼 겁니다."

"네……?" 디렉터가 기겁하는 기색으로 말했다.

"이걸 사용해서 말이죠."

호시나는 허리에 찬 전용 무기, 닌자도처럼 생긴 단검을 두드렸다.

"호시나, 네 토벌 방법은 참고가 되질 않잖나."

"호오. 그럼 대장님은 어떻게 하시겠습니까?"

"포격으로 갑각을 뚫는다."

"그쪽도 크게 참고는 되지 않을 것 같은데요?"

"…………."

차원이 다른 대화에 압도당한 디렉터에게 오코노기가 웃으며 대답했다.

"……이 두 분의 기준은 그다지 일반적이지 않아서요."

"하, 하하……. 그런 것 같네요……."

키코루의 전투를 바라보며 아시로가 중얼거렸다.

"이 전개는 네가 노린 건가, 호시나?"

"그 말씀은?" 호시나가 고개를 기울였다.

"전용 무기를 시험할 뿐이라면 굳이 연습장 내에 무기를 실은 차량을 반입할 필요가 없지. 본수에는 저 대검이 통하지 않는 거란 걸 내다본 거 아닌가?"

"……역시 대장님은 뭐든 꿰뚫어 보시는군요."

"네가 생각할 법한 일은 바로 알아차릴 수 있다."

옆에서 이야기를 듣고 있던 오코노기는 의도를 짐작하지 못해 질문했다.

"호시나 부대장님, 어째서 그런 짓을 하신 건가요?"

"오코노기, 전용 무기에만 의지하면 오히려 발목을 잡힐 수 있어. 특히 아직 현장 경험이 적은 시노미야는 더 그렇겠지. 일반 무기도 적절하게 조합해서 괴수에게 대처할 줄 알아야 해. 저 수송차에는 동결탄도 실려 있었지. 그걸로 괴수의 움직임을 봉쇄한 뒤에 전용 무기로 부딪치는 방법이 베스트야."

"그렇군요……."

"이대로 있다간 상황은 악화하기만 할 거다. 어떻게 움직일 테냐, 시노미야."

호시나의 예상대로 키코루는 제대로된 공세를 펼치지 못하고 있었다.

"……! 이 자식!"

괴수가 두른 갑옷까지는 파괴할 수 있다. 하지만 핵심인 감각까지는 한 번에 양단할 수가 없었다. 괴수는 지금도 점성이 있는 액체를 계속 분출하고 있는 상황. 지면에 흩어진 아스팔트와 모래가 현재진행형으로 달라붙어, 키코루가 파괴하는 것과 동시에 갑옷이 만들어져 갔다.

"후우, 후우······."

자신의 숨이 가쁘다는 걸 깨달았다. 슈트를 너무 오랫동안 혹사시킨 듯했다. 호시나가 무엇을 노리는지는 키코루도 눈치챘다. 괴수의 건너편——역 앞에 수송차가 보였다. 그곳으로 돌아가 다른 무기를 쓰라는 것이겠지.

하지만 그것을 알고도 키코루는 그럴 마음이 들지 않았다.

'그런 건 꼭 도망치는 것 같잖아!'

「괜찮나, 시노미야. 머리에 피가 너무 오른 것 같은데?」

"오르지 않았어요!"

「오른 녀석이 하는 말이네······.」

키코루는 다시 정면에서 대검을 휘둘렀다. 하지만 대검은 기다리고 있던 거대한 집게발에 그대로 부딪혔고, 그대로 집게발에 붙잡히고 말았다.

"······!"

그 순간 키코루의 몸에 날아들어온 또 하나의 거대 집게발.

대검을 괴수에게 잡힌 채로 키코루의 몸은 역 앞으로 날아가 수송차와 격돌했다. 충격으로 차량이 옆으로 쓰러지면서 적재돼 있던 무기가 밖으로 튕겨 나왔다.

충돌 직전에 실드를 펼쳤기에 바이털에는 이상이 없다. 손상도 특별히 없었다. 전투 자체는 계속 이어갈 수 있지만, 핵심인 무기를 놓치고 말았다. 괴수는 집게발로 검을 잡은 채로 낌새를 살피듯이 이쪽을 바라보았다.

"……!"

키코루는 이를 악물며 일어섰다. 은연중에 품고 있던 걱정은, 이 훈련으로 현실이 되었다. 저 전용 무기는 가볍기에 다루기 쉽다. 하지만 그만큼 결정적인 파괴력이 결여돼 있다.

'그건 내가 이상으로 생각하는 게 아니야…….'

정면에서 압도적인 무력으로 꺾어 누를 수 있는 것──지금 원하는 건 그런 물건이다. 딱히 머리 쓰는 걸 경시하는 건 아니다. 어떤 것이 자신의 기질에 맞느냐 하는 문제다.

'더, 더 중후한 무기가 있다면……!'

옆으로 쓰러진 수송차에 적재돼 있던 짐들의 균형이 무너지며 한층 커다란 트렁크 케이스가 굴러떨어졌다. 호시나가 말했던, 규격에서 벗어난 무기. 그것이 쿵 소리를 울리며 땅에 떨어졌다.

'?! 방금 소리는 뭐지……? 얼마나 무거운 거야?'

엄중히 잠겨 있지는 않았는지 떨어진 충격으로 상자가 열렸다. 내용물을 보고 키코루는 눈을 크게 떴다.

"이게…… 실패작?"

한눈에 그 말의 의미를 깨달았다. 그 무기는 너무나도 크고 투박했다. 키코루의 반신을 초과할 정도의 날을 가진 칠흑의 대형 도끼. 벼려낸 날이 납색의 빛을 반사하고 있었다.

키코루는 생각하기보다 먼저, 마치 빨려 들어가는 듯한 감각으로 손을 뻗었다. 도끼의 손잡이를 잡고 두 손으로 들어 올렸다. 충격이 신체의 중심을 타고 스쳐 지나갔다. 대검이 보기보다 가벼웠던 것과 달리, 이 대형 도끼는 보기보다 훨씬 중량감이 있었다. 몇 킬로나 되는지 상상조차 가지 않는다.

'이거라면!'

「그만두는 게 좋아, 시노미야. 그걸 다루는 건 무모해.」

"……제 공격이 튕겨 나온 건 위력이 낮았기 때문입니다. 무거운 무기면 위력도 늘잖아요?"

「들어보고 알았잖아? 그 무기는 기믹 문제로 무겁게 만들 수밖에 없던 물건이야. 네 해방 전력으로는 휘두르는 것도 못 한다. 됐으니까 어서 내려놔!」

"지금의 제 힘으로는 휘두르는 것조차 못 한다고요?"

「그래. 그러니까——.」

키코루의 눈이 번뜩 빛났다.

"그렇다면 더더욱! 휘두르고 싶어지잖아요!"

「너……?!」

키코루의 성격은 공격적이면서 적극적이다. 그리고 무엇보다도 잊어서는 안 되는 것이 있다. 그녀는 자신감이 넘치고, 지는 걸 매우 싫어한다.

도끼를 어깨에 짊어지고 달려 나갔다. 한 걸음을 내디딜 때마다 지면에 깊은 발자국이 새겨졌다. 대형 도끼를 괴수에게 휘두르려 했지만——.

"……윽!"

도끼날의 중심이 흔들려 조준이 어긋났다. 도끼날은 괴수보다 상당히 앞쪽에 있는 땅을 찍었다. 도끼를 쥔 손에 충격이 되돌아와 키코루는 땅바닥에 내팽개쳐졌다. 낙법을 취하며 앞을 보니 아스팔트에 도끼가 깊게 꽂혀 있었다.

'엄청난 위력이야. 이거라면 껍데기를 부술 수 있어!'

하지만 호시나가 지적한 바와 같이 지금의 키코루는 이 대형 도끼를 완벽히 다루지 못하고 있었다.

그럼 어떻게 할 것인가? 앞으로 강력한 괴수가 나타날 때면 꼬리를 말고 도망칠 것인가? 또 시험 때처럼——괴수 8호가,

카프카가 도와주러 오는 걸 기다릴 것인가?
'……안 있어.'
그렇게는 안 있어. 있고 싶지 않아.
'그런 건 이제 사양이야!'
키코루는 깊게 박힌 도끼 손잡이에 양손을 걸치고 그것을 뽑으려 힘을 주었다. 슈트가 전신을 강하게 조이며 더욱 깊게 동조되어 가는 것이 느껴졌다. 찌릿찌릿 하고 주변 공기가 진동했다.
본수가 날카롭고 커다란 소리를 질렀다. 마치 눈앞에 있는 키코루를 두려워하고 있는 것처럼.

"저 바보, 정말로 머리에 피가 올랐구만. 내가 나가야겠어."
호시나가 계단 아래로 내려가려 했다. 입대 시험과 마찬가지로 괴수 9호 등의 습격에 대비해 호시나는 언제든 바로 나갈 수 있도록 준비해 두고 있었다.
엘리베이터 앞에 서자 뒤에서 오코노기의 외침이 들렸다.
"호시나 부대장님! 시노미야 대원의 해방 전력이 상승하고 있습니다!"
"뭐라고?"
호시나는 다시 돌아와 아시로와 함께 화면을 들여다보았다.

지금까지 키코루의 최대 해방 전력은 57%.

하지만 표시된 숫자는 점점 상승되어 갔다. 58%, 59%——.

"추정 해방 전력, 60%!"

키코루는 도끼를 지면에서 뽑아 들고 점프했다.

그 움직임에 호응하는 것처럼 괴수가 울부짖었다. 입가에는 부글부글 거품을 물었다. 잡고 있던 검을 던져버리고 키코루를 향해 집게발을 휘둘렀다.

공중에서 집게발과 도끼가 부딪힌 순간, 무언가가 터지는 소리가 울렸다. 대검으로는 깎아내는 것밖에 못 하던 거대 집게발이 깨져 있었다. 집게발이 갑옷과 함께 날아가 새하얀 근섬유가 그대로 드러났다.

괴수의 판단은 빨랐다. 눈앞에 있는 작은 체구의 소녀가 자신보다 훨씬 강하다는 걸 본능적으로 깨달은 것인지도 모른다. 갑옷으로 덮은 등을 돌리고 도주를 시도했다.

아스팔트를 꿰어 찬 감각에 다시 일격을 날리기 위해 키코루가 몸을 도사렸다. 바로 그 순간, 키코루에게 호시나의 통신이 도착했다.

「시노미야——. 그 도끼에는 어떤 기믹이 있다.」

"기믹?"

「그래. 잡고 있는 손잡이에 트리거가 있지? 그걸 당겨 봐.」
"네!"
키코루는 도끼를 위로 크게 휘두르며 도약했다. 도주를 시도하는 괴수의 바로 위 상공에 도달한 키코루는 손잡이의 트리거를 당겼다. 도끼머리를 중심으로 어마어마한 충격이 휘몰아쳤다. 그대로 몸이 날려갈 것 같았지만, 전신에 힘을 주어 제어했다. 도끼가 충격파를 발산하며 아래쪽을 향해 폭발적으로 가속했다.
'게 맛은 좋아하지만——하나 싫어하는 게 있었지.'
금빛 머리카락이 크게 나부꼈다. 상공에서 아래로 휘둘러진 그것은——그야말로 괴수를 향해 하늘에서 떨어지는 번개와 같았다.
주변 일대에 폭발음이 울리고 분진이 드높이 피어올랐다. 드론으로도 확인하지 못할 정도였던 흰 연기가 드디어 걷혀 갔다. 그곳에 중앙선이 깨끗하게 둘로 갈라진 본수, 그리고 태연하게 도끼를 어깨에 짊어진 키코루의 모습이 나타났다.
"먹는 게 성가시단 말이지, 너희들."
괴수에게서 액체가 분수처럼 분출되며 주변을 적셨다.

"본수의 생체 반응, 소실됐습니다! 이것으로 시노미야 대원은 여수 세 마리와 본수 한 마리──연습장 내의 모든 괴수 토벌을 완료했습니다……!"
 오코노기의 보고에 호시나는 땀이 어린 볼을 긁적였다.
 "……설마 저걸 다뤄낼 줄이야. 예상 밖인걸."
 "정해진 것 같군. 시노미야의 전용 무기."
 호시나는 아시로의 말에 고개를 끄덕이고는 뒤에 있는 취재팀을 보고 웃었다.
 "어떻습니까? 꽤 좋은 장면을 찍지 않으셨습니까?"
 카메라를 아래로 돌리며 디렉터가 가만히 중얼거렸다.
 "이런 영상은 흐리게 처리하지 않으면 방송에 내보낼 수 없습니다……."
 반쪽으로 쪼개진 괴수의 몸에서는 아직도 체액이 분출하고 있었다. 입술이 말랐는지 도끼를 쥔 키코루가 입 주변을 할짝 핥았다.

5

 훈련이 끝나고 아시로, 호시나, 키코루 세 사람은 오퍼레이션 룸으로 돌아왔다. 탁상 위에 대검과 대형 도끼가 나란히 놓여져 있었다.

"이 대형 도끼는 말이야." 호시나가 말했다. "사용된 주요 괴수 소재는 재작년에 시나가와에서 토벌된 본수의 유니 기관이다. 강한 생체 전위를 발생시켜 근섬유를 급속도로 수축시키지. 빨아들인 공기를 폭발적으로 사출해 충격파를 발생시킨다. 시민과 시가지 양쪽에 큰 피해를 준 괴수야. 이 대형 도끼에는 그것이 기믹으로 들어가 있지."

"마지막에 제가 휘두른 게 그거였군요."

"그래. 트리거로 전류를 흐르게 하면 충격파가 발생한다. 이번에는 네가 후방으로 사출해 가속하는 데에 이용했지만, 전방으로 발사 시에는 위력을 올리는 것도 가능해. 다만, 특성을 보면 알 수 있듯이 무기 자체에 상당한 강도가 필요했거든. 그걸 보완하기 위해 이런 말도 안 되는 중량이 된 거다. 경량화 가공은 했지만, 그렇더라도 네 해방 전력으로는 다루지 못할 거라고 판단했지. 그랬는데——."

"넌 다뤄냈다." 아시로가 호시나의 말을 이어받았다. "시노미야, 네게 다시 전용 무기를 지급하겠다. 이론 있나?"

키코루는 대형 도끼에 손을 미끄러트렸다. 조금 전의 감각이 떠올랐다. 괴수를 토벌한 압도적인 위력. 완벽히 다루기까지는 아직 훈련이 필요하겠지만, 이건 틀림없이 키코루가 이상으로 생각하는 무기 중 하나였다.

"사용감은 두말할 나위 없이 좋습니다. 다만, 한가지 불만이 있다면——."
"있다면, 뭐지?"
"디자인이 너무 투박해서 저랑은 잘 안 맞는다는 걸까요?"
"……아니—. 딱 맞는다고 생각하는데." 호시나가 쓴웃음을 지었다. "아 참. 시노미야, 네가 마지막에 보여준 기술 말인데, 이름이 있거든."
"이름?"
"쓰는 사람이 적긴 하지만, 방위대식 도끼술이 있다. 괴수를 토벌하기 위해 계속 연구돼 왔지. 네가 보여준 상공에서 아래로 내리치는 공격——대식 도끼술에서는 1식 낙뢰라고 부르고 있다."
"낙뢰……."
"무예 18반에 도끼술은 들어가지 않지. 나도 일단 익히긴 했다. 언제 다음 거대 괴수가 나타날지 알 수 없으니 오늘이나 내일 중에라도 머릿속에 쑤셔 넣어 주지. 각오하도록."
"……!"
키코루의 마음속에서 불꽃이 타올랐다. 배울 수 있는 건 전부 배워주겠다. 그녀는 아시로와 호시나에게 경례로 답했다.
"전용 무기, 수령했습니다!"

6

 점심시간이 되어 키코루는 식당으로 향했다. 식당은 이미 훈련을 마친 여러 방위대 대원으로 떠들썩했으며, 식욕을 자극하는 맛있는 냄새가 감돌고 있었다.
"오, 키코루." 음식을 담은 트레이를 끌어안고 있던 카프카가 키코루를 발견했다. "오전 훈련에 오지 않았던데, 무슨 일 있었어?"
"아시로 대장님과 조금."
"미나랑? 대체 무슨 일이었길래?"
"그렇게 이름을 함부로 부르는 짓 좀 그만둬. ……뭐, 조만간 보여줄게."
 키코루가 의기양양하게 후훗 코웃음을 쳤다. 그리고 그제야 카프카의 기분이 좋다는 걸 알아차렸다.
"뭐야, 당신. 좋은 일이라도 있었어?"
"그래. 이걸 봐라! 짜잔! 어떠냐!"
 카프카가 자신 있게 꺼낸 것은 훈련 기록 용지였다.
"봐라. 또 어제보다 타임이 줄었어."
"흐음. 자, 이거."

키코루가 종이를 건네자 카프카의 눈이 뒤집혔다.

"이, 1분 3초?! 너, 이거……?!"

"……."

카프카를 유심히 바라보며 키코루는 다시금 고개를 갸웃거렸다. 최근 들어 근육이 붙었다지만, 이 용모는 중년 남성——이른바 아저씨의 것이다. 키코루를 구한 괴수 8호의 정체라고는 생각할 수 없었다.

그리고 거기서 키코루는 납득했다.

'……아, 그래서구나.'

자신이 평소에 왜 이렇게까지 히비노 카프카에 대해 신경을 쓰는가.

그것은 분명——빚을 갚지 못했기 때문이다.

그날, 키코루는 괴수 8호 덕분에 목숨을 구했다. 즉, 아직 카프카에게 빚이 남은 상태다. 계속 빚을 진 상태로 있는 건 성미에 안 맞는다. 자신은 그것이 걸렸던 것이리라.

그래. 분명 그런 게 틀림없다.

'잘 보고 있으라고, 히비노 카프카.'

그렇다면 이번엔 반대로, 만약 카프카가 궁지에 빠지는 일이 생기면 그 무기를 들고 달려가 주리라. 그리고 그때야말로 반드시——.

"또 울상 짓게 만들어 주겠어."
키코루는 천진난만하게 킥킥 하고 웃었다.

CHAPTER 3

부대장 · 호시나 소우시로

1

"자, 이걸로 끝……."

호시나는 책상 위에 보고서를 탁탁 두드리며 한숨을 돌렸다. 어제 이루어진 키코루의 무기 테스트를 부대장인 호시나의 관점에서 평가한 서류다.

"의외로 시간이 걸려 버렸네."

머그잔에 담긴 미지근한 커피를 마저 마시고 호시나는 방을 나섰다. 업무시간은 이미 종료되었지만, 이 뒤에도 다른 일정이 있었다.

청사 복도를 걷고 있는데 건너편에서 취재팀이 다가왔다.

"디렉터님, 수고 많으십니다. 취재 쪽은 어떠십니까?"

디렉터가 꾸벅 고개를 숙였다.

"모두가 협조적으로 대해 주셔서 큰 도움을 받고 있습니다. 호시나 씨, 잠깐 말씀을 들을 수 있을까요?"

"저 말입니까? 이젠 신입이라 불릴 나이도 아닌데요."

"하하하. 아뇨, 신입분들에 대한 이야기를 듣고 싶어서요. 올해 신입 대원분들은 참 우수하신 것 같더군요. 어제 시노미야 대원의 훈련도 그렇고, 무척 놀랐습니다."

"이번 니시도쿄 입대 시험은 상당히 엄격했으니까요. 과거를 통틀어 최고 난이도가 아니었을까 싶습니다. 매년 한 명 있으면 대단한 인재가 여럿 모였으니까요."

"그렇군요. 그럼 더더욱 의문이네요."

"무엇이 말입니까?"

"히비노 카프카 대원 말입니다. 다른 대원과 비교할 때 기초적인 체력이 낮은 것 같았은데, 대체 어떤 의도로 그를 채용하셨습니까?"

디렉터가 그런 의문을 품은 것에는 수긍이 간다. 최근 며칠간 카프카는 취재팀 앞에서 좋은 모습을 전혀 보여주지 못하고 있었다. 사격 훈련도 장애물 경주도 단독 최하위를 달리고 있는 상황.

"당연한 일이지만, 단순히 전투력이 높은 순서대로 채용하고 있는 것은 아닙니다. 위쪽에서 여러모로 의식 개혁이 있었거든요. 그리고 히비노 대원을 채용한 이유 중 하나는——."

"하나는?"

호시나가 히죽 입꼬리를 올렸다.

"개그 요원일까요?"

"개, 개그 요원?"

전혀 예상하지 못했는지 디렉터가 눈을 꿈뻑였다.

"무드 메이커란 거죠. 옆에서 보고 있으면 재밌지 않습니까? 그 녀석의 무모하고 바보 같은 면이요. 하여간 서투른 녀석입니다. 해방 전력 0%라니 그런 건 지금까지 본 적도 없고, 체력이 낮은데도 기합만큼은 남들 못지않죠. 자신이 무엇을 할 수 있는지조차 파악하지 못해 현장만 이리저리 뛰어다니는 형국이니까요."

"사, 상당히 혹독한 평가로군요……."

"다만, 전 그런 바보를 싫어하지 않아서요."

"그건 어째서입니까?"

호시나는 볼을 가볍게 긁적었다.

"……옛날에 비슷한 녀석을 본 적이 있습니다. 주변에서 대원을 그만두라는 말을 계속 들으면서도, 그래도 필사적으로 사방을 뛰어다닌 그런 바보를요."

"그런 분이 있었군요. 그 대원은 지금 뭘 하고 계시나요?"

"글쎄요. 지금도 어디선가 대원을 하고 있지 않을까요?" 호시나가 가볍게 웃으며 걸음을 옮겼다. "아 참. 지금부터 도장에서 제가 개인적으로 진행하는 훈련이 있습니다. 신입들도 참가하고 있으니 괜찮으면 취재하러 와 주십시오."

"하아앗!"

나무 바닥재가 깔린 도장에서 대원들의 함성이 울려퍼졌다. 방위대 기지 내에는 헬스장 같은 운동 시설을 포함해 실내 훈련장이 마련되어 있어, 저녁을 먹은 뒤에도 훈련에 힘쓰는 자가 많다.

"이건…… 자유시간인데도 인수가 상당하군요."

디렉터가 감탄한 듯이 중얼거렸다.

"올해 신입들은 특히 적극적입니다."

그렇게 말하며 호시나는 도장을 둘러보았다. 입구 근처에서 방어구를 걸친 두 사람이 검 끝을 맞대고 있었다. 빈틈을 노려 한 명이 기세 좋게 파고들며 다른 한 명의 얼굴을 향해 죽도를 내질렀다.

죽도로 치고 들어간 대원이 호면을 벗었다. 이즈모 하루이치였다.

"제법인걸. 레노, 경험자야?"

상대하고 있던 레노가 머리의 호면을 벗으며 숨을 토했다.

"중학생 때 수업으로 조금 배웠죠. ……마지막에 치고 들어오는 하루이치의 동작이 전혀 보이지 않았어요."

"아냐, 나도 위험했어."

하루이치가 상쾌한 웃음을 지었다.

그 근처에서는 체격 차가 큰 두 사람이 대련을 하고 있었다.

한 사람은 검도 경험이 있는 베테랑 남성 대원이었는데, 그런 그가 방어에 전념하고 있었다. 상대는 몸집이 큰 대원으로, 상단에서 어마어마한 위력의 내려치기를 선보이고 있었다.

"저 대원은 박력이 무척 대단하군요. 저 남자 대원도 신입입니까?"

디렉터의 질문에 호시나는 고개를 흔들었다.

"호면을 덮고 있어 얼굴이 보이지 않지만, 남자가 아닌 여성 대원입니다. 신입인 이가라시 하쿠아죠."

"이가라시……. 아, 그 제2부대 쥬라 대장님의 동생분!"

키코루와 친한 이가라시 하쿠아. 그녀 역시 유망한 신입 중 하나다.

호시나가 도장 내를 둘러보고 있자니 한 남자 대원이 다가왔다. 근골이 탄탄한 몸에 날카로운 안광을 뿜고 있는 구릿빛 피부의 청년. 육상 자위대 출신 카구라기 아오이다.

"호시나 부대장님, 대련해 주실 수 있으십니까?"

"좋아. 한 판 승부다."

방어구를 장착한 뒤, 호시나는 준거(蹲踞) 자세로 아오이와 마주 섰다. 심판을 맡은 대원이 시합 시작 신호를 보내자, 그곳에 주변과 명백히 다른 긴장감이 감돌았다. 다른 대원들도 자연스럽게 손을 멈추고 두 사람의 시합을 주시했다.

서로 검 끝을 맞대는 촉검의 간격.
 먼저 움직인 것은 아오이였다.
"흐아아아압!"
 아오이가 날카로운 기합과 함께 발을 내디뎠다. 단번에 거리가 줄어들며 문외한의 눈으로는 따라가지도 못할 속도로 치고 들어오는 아오이. 그러나 호시나는 죽도로 받아내 가볍게 흘려보냈다. 그 돌진은 유효타로 이어지지 못했고, 그대로 코등이 싸움으로 넘어갔다.
 두 사람은 다시 거리를 벌렸다.
 이번에는 호시나 쪽에서 간격을 좁혔다. 그에 반응한 아오이가 공세로 전환하려 죽도를 치켜든 순간, 호시나는 그 틈을 놓치지 않았다. 아오이의 검을 아래에서 위로 걷어 올려 무방비하게 만들었다. 파앙하는 맑은 소리가 도장에 울려 퍼졌다. 아오이의 호면에 공격이 들어갔다.
"한 판!"
 심판의 목소리가 울렸다. 두 사람이 허리를 굽히고 시합이 종료되었다. 호면을 벗은 아오이의 얼굴에 커다란 땀방울이 맺혔다. 반면, 호시나는 상쾌한 얼굴을 하고 있었다.
"……감사합니다. 정진하겠습니다."
 아오이는 굳은 얼굴로 깊게 고개를 숙였다.

"아니, 대단했어. 역시 실력자야."

호시나는 순순히 아오이를 칭찬했다. 그는 육상 자위대에서도 기대받는 호프였으며, 검도 실력도 상당했다. 제3부대의 대원 중에서는 톱클래스일 것이다.

'역시 올해 신입들은 상당히 우수해.'

수준 높은 두 사람의 시합을 칭찬하는 박수 소리가 번졌다.

한편, 도장의 가까운 곳에서 그와 대조적인 시합이 이루어지고 있었다.

"으랴아아아아아!"

우당탕 부산하게 걸음을 내디디며 남자가 죽도를 휘둘렀다. 그러나 예비 동작이 커서 상대가 간단히 피해 버렸다. 공격을 받은 대원이 반격에 들어갔다. 죽도를 머리 위로 크게 들어 올려 일격을 때려 넣었다.

"크악?!"

호면을 두 쪽 낼 기세로 날아온 죽도에, 남자는 한쪽 무릎을 꿇고 말았다.

"필살. 이하루 블레이드! 이 몸의 내려치기가 어때, 아저씨!"

"너, 너! 조금은 봐주면서 하라고!"

카프카가 몸을 일으키며 호면을 벗었다. 공격했던 이하루가 고개를 기울였다.

"이것도 봐준 거야. 그런데 아저씨, 아무리 그래도 너무 초짜 아냐?"

"검도는 해본 적 없단 말이다. 다른 사람들은 이치카와도 그렇고 전부 경험자인 거야? 역시 방위대가 꿈이면 다들 무술을 배우는 건가……."

레노가 다가와 카프카에게 말을 걸었다.

"미경험인 거면 선배는 유도를 선택하셨나요?"

"뭐? 아니, 유도도 해본 적 없다만."

"네? 그럼 필수는요?"

"무슨 이야기를 하는 거야?"

"아니, 유도나 검도가 필수 과목 아니었어요? 중학생 때."

"그, 그게 대체 무슨 소리야?"

뭔가 이야기가 맞물리지 않는다.

호시나가 겨드랑이에 호면을 끼고 카프카 일행이 있는 곳으로 다가갔다.

"학습지도 요령이 개정되면서 지금은 무도 과목이 필수가 됐거든. 그래서 올해 신입들은 거의 경험자야. 카프카, 널 제외하면."

"아, 그런 겁니까? 큭. 이런 것까지 세대차가……!" 카프카가 자리에서 일어나 주먹을 쥐었다. "제길. 그럼 더더욱 훈련해야 해. 호시나 부대장님, 저도 지도를 부탁드릴 수 있을까요? 한 시합 부탁드립니다!"

"부대장님, 저도 부탁드릴 수 있을까요?"

"아, 레노! 새치기할 생각이냐? 나도, 나도!"

"이하루, 전 딱히 그런 생각 없어요."

손을 드는 신입들을 보며 호시나가 고개를 끄덕였다.

"좋아. 상대해 줄 테니까 순서대로 서."

파앙— 소리가 울렸다.

"크억!"

파앙— 소리가 울렸다.

"크흡!"

파앙— 소리가 울렸다.

"끄악!"

"자, 수고했다. 너희는 일단 기초훈련이 필요하겠어."

도장 바닥에 카프카 등 세 사람이 시체처럼 늘어져 첩첩이 쌓였다. 수준이 너무 달라서 전혀 상대가 되지 않는다.

도장 구석에서 가만히 상황을 살펴보던 디렉터가 호시나에게 다가왔다.

"이것 참, 칼을 들고 계실 땐 능가할 사람이 없군요. 역시 칸

사이에서도 손에 꼽히는 괴수 토벌대 가문이십니다. 그러고 보니 입대는 이곳이 아니라 칸사이 쪽에서 하셨다던가요?"

"네. 아시로 대장님의 스카우트를 받고 이쪽으로 옮겨왔죠."

"그렇군요! 입대 시부터 명성을 날리셨던 걸까요?"

"……그렇진 않았습니다."

호시나는 쓴웃음을 지었다. 그 미적지근한 태도에 디렉터가 고개를 갸웃거렸다.

"──호시나 부대장님."

뒤에서 들려온 목소리에 호시나가 몸을 돌리자 방어구를 입은 키코루가 서 있었다. 호면의 격자 사이로 날카로운 눈빛이 보였다.

"다음은 저도 괜찮을까요?"

"……좋지."

키코루가 준거 자세를 취하고 죽도를 들었다. 어느 정도의 경지에 올랐다는 표현이 적절하리라. 아오이와 마찬가지로 심상치 않은 실력을 갖췄다는 것을 짐작할 수 있었다.

'총기뿐만 아니라 도검 실력도 뛰어난가? 우수하네. 나와는 완전히 달라.'

자신을 향해 달려드는 신입들을 보며 호시나의 뇌리에 어떤 기억이 스쳤다.

아직 이 제3부대에 소속되기 이전의 기억이.

2

호시나는 평소에 칸사이 쪽에서 근무하고 있었지만, 그날은 출장차 도쿄에 와 있었다. 한 달 뒤에 있을 제3부대와의 검도 교류 시합을 위한 미팅에 참석하기 위해서다. 제3부대의 도벌술 교관이 호시나의 아버지와 좋은 관계이기도 해서 어렸을 때부터 얼굴을 알고 지냈다.

"선생님, 잘 지내셨던 것 같아 다행입니다."

"이거 참, 요즘은 몸이 생각처럼 움직이지 않아서 말이야. 조만간 사범 자리를 은퇴할까 생각 중이네. 어떤가, 소우시로 군. 자네가 우리 쪽에 와주면 고마울 것 같네만."

"하하하. 뭐, 생각해 두겠습니다."

호시나는 웃으며 이야기를 받아넘겼다.

사범이 되지 않겠는가——지금까지 몇 번이나 들었던 말이다. 검 실력은 누구나가 인정한다. 하지만 실전에 맞지 않는다. 그것이 호시나 소우시로에 대한 방위대 내의 평가였다. 아버지도 상사도 사범 자리를 권했다. 그 말은, 현장에서 물러나라는 뜻이었다.

하지만 호시나는 최전선에 남기를 바랐다.

'욕심 많은 고집쟁이……. 나도 그렇게 생각은 하지만.'

미팅을 마치고 돌아가려는데 총무과에서 호시나를 불러 세웠다. 무려 제3부대 대장한테서 대장실에 들러 주길 바란다는 전언이 있다고 했다.

'전언? 대장이 내게?'

짚이는 바가 전혀 없지만, 호출을 받은 이상 가지 않을 수도 없다. 호시나는 약간 긴장한 마음으로 대장실 문을 노크했다.

"들어오도록."

서늘한 여성의 목소리가 돌아왔다.

문을 열자 한 여성이 집무 책상에 앉아 있었다. 아시로 미나──젊은 나이에 제3부대 대장에 취임한 인물이다. 나이도 호시나와 크게 다르지 않다. 합동 훈련에서 본 적은 있지만, 대면해서 이야기를 나누는 건 처음이었다.

호시나는 등을 곧게 세우고 경례했다.

"바쁘신 와중에 실례합니다. 호시나 소우시로입니다."

"제3부대 대장 아시로 미나다. 일부러 오게 해 미안하군."

"아뇨, 아뇨. 저 같은 놈이야 한가하니까요. 도쿄 관광이라도 하고 돌아갈까 하던 참이었습니다. 그래서, 하실 말씀이란 게 무엇인지요?"

아시로는 등을 돌리고 창밖에 펼쳐진 살짝 흐린 하늘을 바라보았다.

"합동 훈련에서 네 모습을 본 적이 있다. 거리는 멀었지만, 훌륭한 검 실력이었지."

"……감사합니다."

'――갑자기 무슨 소리지?'

호시나는 의아해했다.

"호시나 소우시로, 자넨 도검의 스페셜리스트인 모양이군."

"네, 그렇습니다."

아시로가 무슨 말을 하려는 건지 예상이 되었다. 조용히 한숨을 쉬었다.

'이런. 또 같은 말을 하려나? 포기하라는 말을――….'

제3부대는 도벌술의 새로운 사범을 원하고 있다. 현장에 서는 것을 포기하고 이쪽으로 오라고 하려는 것이겠지.

아시로가 천천히 몸을 돌리며 입을 열었다.

"네 힘이 필요하다. 내 부대에 오지 않겠나, 호시나."

흐린 하늘에 구름이 걷히며 방에 햇살이 쏟아져 들어왔다. 그녀의 맑은 두 눈이 호시나를 바라보고 있었다.

"……네?"

예상 못 한 말에 사고가 정지됐다.

"향후 소형 강적이 나타날 가능성을 완전히 배제할 순 없지. 게다가──… 난 너와 반대로 날붙이는 완전히 꽝이거든. 가능하면 부엌칼도 쥐고 싶지 않아."

'부엌칼은 다른 문제인 듯한 기분이 드는데…….'

"내가 적을 총으로 꿰뚫을 때, 네가 그 길을 칼로 베어 열어주지 않겠나?"

"…………."

그것은 아버지를 포함해 그 누구도 해주지 않은 말이었다. 호시나는 자신의 마음이 크게 일렁인 것을 알 수 있었다. 이 사람 밑에서라면──그런 생각을 품고 말았다.

'……아니.'

호시나는 조용히 숨을 들이쉰 뒤, 다시 내쉬었다. 사고가 급속도로 냉정함을 되찾았다. 술렁이던 마음은 이미 잔잔하게 잦아들었다.

'진심으로 받아들이지 마, 흔한 립서비스니까. 여기서 '네' 같은 얼빠진 소릴 하면 웃음거리라고.'

사회생활로 나온 발언에는 사회생활에 맞는 발언으로 돌려준다. 그것이 예의라는 것이리라.

"말씀은 기쁘지만──."

그때였다. 복도에서 요란한 경고음이 울렸다.

"대장님, 실례합니다!"

문이 힘차게 열리며 스킨헤드의 남성 대원이 뛰어 들어왔다.

"오우메 시에 괴수 출현 보고입니다. 소형이지만 여수도 다수 확인되었습니다. 출현 지점에서는 이미 십수 명의 사상자가 발생했다고 합니다. 피해 규모에 대한 자세한 사항은——."

대원의 보고를 듣고 아시로가 고개를 끄덕였다.

"알았다. 에비나, 비번인 대원을 포함해 전원에게 소집명을 내리도록."

"네!" 에비나라 불린 남자가 경례했다. "그나저나 곤란하군요. 새로운 부대 편성으로 혼잡한 시기인데."

"상대는 괴수다. 이쪽의 사정 따위는 봐주지 않아."

아시로가 책상 위의 전화기를 들고 빠르게 지시를 내리기 시작했다. 그러나 아시로는 대장에 취임한 지 얼마 되지 않아 지휘 계통이 아직 완전하다고 하기 어려운 상태로 보였다. 괴수와의 싸움이라면 그야말로 고양이 손이라도 빌리고 싶은 상태이리라. 그렇기에 그 제안은 자연스럽게 입에서 흘러나왔다.

"아시로 대장님. 괜찮으시면 저도 현장으로 갈까요?"

호시나의 말에 에비나가 "아앙?" 하고 얼굴을 일그러뜨렸다.

"출장으로 온 놈이지? 넌 다른 부대잖냐."

"슈트와 무기도 지참하고 있으니, 여수 대처 정도는 도울 수 있지 않을까 합니다."

"그래도 말이지······."

뭔가를 말하려 하는 에비나에 앞서 아시로가 끼어들었다.

"호시나, 제3부대 대장으로서 내 쪽에서도 꼭 부탁하고 싶다. 네 부대 대장에게도 이야기해 두지."

"대장님, 괜찮으신 겁니까?!" 에비나가 큰 소리로 외쳤다. "괴수의 추정 포티튜드를 볼 때 위험한 작전이 될 겁니다."

"그는 근접전의 전문가니 우리에게 큰 도움이 될 거다. 그렇지, 호시나?"

아시로의 물음에 호시나는 고개를 끄덕였다.

"네. 소형 괴수 토벌에서 저보다 뛰어난 자는 없습니다."

3

아시로의 명으로 호시나는 에비나 소대에 편성되었다. 수송 차량에 함께 올라타 현장인 오우메 시 북서부로 향했다.

차량 내에서 호시나가 책을 읽고 있자니, "어이" 하고 에비나가 말을 걸었다. 그는 얼굴에 커다란 상처가 있어 마치 조직폭력배 같은 험상궂은 용모를 하고 있었다.

"상당히 여유가 넘치시는걸?"

"신경에 거슬린다면 집어넣겠습니다. 그저 루틴이어서요."

어렸을 때부터 독서가였던 호시나는 임무 전에 이렇게 마음을 안정시키곤 했다. 지금 들고 있는 것은 '루바이야트'. 페르시아 출신 학자 오마르 하이얌이 남긴 사행시 시집이다.

"루틴이라고?!"

에비나가 일어서서 호통쳤다.

뭐야, 화내려는 건가—— 하고 호시나는 생각했지만, 에비나는 다시 의자에 앉았다.

"너…… 중요한 거잖냐. 그럼 제대로 해!"

"하, 하아……. 감사합니다."

독서를 재개했지만, 에비나가 호시나를 힐끔힐끔 바라보는 게 느껴졌다. 뭔가 하고 싶은 말이라도 있는 걸까? 집중이 되지 않아 호시나는 책을 덮었다.

"무슨 일 있으십니까, 에비나 소대장님."

"호시나……라고 했나? 그 이름은 나도 들어본 적 있지. 괴수 토벌대 가문이라지? 우리 쪽 사범도 입만 열면 네 검술을 칭찬하더군."

"그것참 감사합니다."

"하지만 너도 알고 있잖아? 시대가 달라."

"…………."

"도움은 고맙지만, 넌 후방 지원으로 돌릴 생각이다."

"나서서 설칠 생각은 없습니다. 전 제가 할 수 있는 걸 할 생각입니다."

자신이 할 수 있는 일──즉, 괴수를 베는 것.

'오직 그것만이 내가 이곳에 있다는 존재 증명이야.'

가설 거점은 역과 가까운 주차장에 설치됐다. 호시나가 차에서 내리자마자 폭음과 총성, 괴수의 포효가 들려왔다. 소리가 들려온 방향을 보니 하늘에 연기가 피어오르고 있었다.

'저쪽은 벌써 시작된 것 같네.'

괴수의 출현 지점은 타마강 선상지의 꼭짓점 부분. 삼림에서 나타나 민가를 파괴하며 강을 따라 내려오고 있다. 지금은 시가지 방향으로 전진 중이라고 했다.

"작전을 다시 전달하겠다."

호시나를 포함해 전부 열한 명인 에비나 소대는 L(리마) 토벌 구역에 배치되었다.

"이번 표적는 파충류계 괴수다. 본수 한 마리와 다수의 여수. 여수는 산간부에서 출현했으며, 수는 현재로선 불명. 식욕이 왕성하다는 보고가 있으니 주의하도록. 우리의 역할은 선행 소대가 놓친 여수를 이 L 지구에서 막는 것이다. 단 한 마리도 놓치지 마라!"

"네!"

주변 대원들이 힘차게 대답했다. 호시나를 제외하면 모두가 소총을 들고 있다.

'칼을 든 건 나뿐인가? 해가 갈수록 입지가 좁아지네.'

방위대가 소유한 드론이 산간부를 향해 날아갔다. 피난이 늦어진 피해자를 찾아내고 괴수를 모니터링하여 오퍼레이터를 거쳐 정보가 대원들에게 전달되었다. 부대 연계에도 크게 도움이 되기에 지금은 괴수 토벌에 필수 요소가 되었다. 드론은 질서정연한 대열을 이루고 있었지만, 딱 한 대가 무리에 뒤처져 있었다.

그것을 보더니 갑자기,

"어디의 누구냐, 짜샤아아—!"

에비나가 조직폭력배로밖에 보이지 않는 얼굴로 호통을 쳤다. 손에 든 소총을 겨누기까지 했다.

"아니, 소대장님. 뭘 하고 계신 겁니까······?"

저도 모르게 끼어든 호시나에게 에비나가 총으로 드론을 가리켰다.

"저걸 봐. 저 기체는 우리 게 아니라고."

"아, 정말이네요."

자세히 보니 방위대 마크가 없다. 현장에 방위대의 드론이 어시럽게 날고 있었지만 무질서하진 않다. 괴수를 자극하지 않도록 띄우는 숫자도 한정돼 있을 정도다.

"어딘가 매스컴에서 보냈거나 구경꾼일 거다. 나 참, 민간 드론이 괴수를 유도한 바람에 큰 사고가 벌어진 적도 있는데 말이야. 어이, 멈추지 못해?"

'엄청 험악하네. 역시 뒷세계에서 일하는 사람 아냐……?'

"나 이거야 원. 대장님, 진정하십시오."

일반 대원들이 에비나를 달랬다. 익숙한 모습을 보니 대원들에겐 그가 날뛰는 것이 일상인 듯했다.

그때, 오퍼레이터에게서 에비나 소대에 통신이 들어왔다.

「L 지구, 남쪽에 여수 출현 확인!」

"알았다. 얘들아, 가자! 괴수들이 마음대로 굴게 두지 마!"

지시가 내려온 곳은 오우메선 노선 위였다. 호시나 일행은 펜스를 뛰어넘어 선로에 들어갔다.

「목표와의 거리, 500미터. 수는 넷!」

지진 같은 소리가 들려왔다. 노선 너머 저 멀리서 흙먼지가 보이기 시작했다. 네 마리의 괴수가 한데 모여 뒤처질세라 이쪽으로 달려오고 있었다. 한 마리의 전체 길이는 약 5미터. 신체의 색은 검은색. 눈을 크게 뜨고 입에서는 어마어마한 양의 타액을 흘리고 있다. 머리에는 목도리 같은 형태의 기관이 달렸다.

'움직임이 상당히 빠른데?'

호시나는 허리에 찬 칼에 손을 얹었다.

"목표 발견! 머리를 조준하도록!"

에비나의 호령에 맞춰 대원들이 횡 방향으로 나열해 총을 견착했다.

"발사!"

타타타타타── 하고 일제히 발사되는 작열탄. 괴수를 상대할 때는 사지와 머리를 노리는 것이 정석이지만, 이 여수는 움직임이 매우 빠르다. 사지를 노리는 건 어려울 것이라 판단한 에비나는 표적을 머리로 좁혔다. 그 작전이 효과적이었는지, 대원들이 소사한 작열탄은 머리에 착탄하며 괴수의 눈을 불태웠다. 그 열기에 괴수가 날카로운 비명을 지르며 그대로 멈춰섰다.

"계속해서 발사해!"

몸부림치는 괴수에게 사격이 이어졌다. 괴수의 신체가 터져나갔다. 가장 앞줄에 있던 한 마리가 땅에 쓰러졌다. 뒤에 있던 두 마리가 사체를 넘어 이쪽으로 다가왔다.

그러나 무리 후방, 그늘에 숨어 있던 한 마리는 방향을 전환했다. 선로의 펜스를 가볍게 쓰러트리고 민가를 향해 돌진했다. 괴수는 집을 그대로 뚫고 지나가며 산기슭을 향해 이동하기 시작했다.

에비나의 지시로 대원 몇 명이 총격을 가했지만, 이미 사정거리 밖이었다.

"제길! 놓쳤나!"

눈앞에는 여전히 돌진해 오고 있는 괴수 두 마리. 소대 대원을 모두 동원해 간신히 막아내고 있는 상황이다. 저쪽으로 인원을 보냈다간 이쪽이 돌파당할 수 있다.

"여긴 에비나 소대! 한 마리 놓쳤다. 마츠우라 소대, 바로 대처를——."

"제가 가겠습니다."

"?! 앗, 이봐!"

호시나가 선로를 뛰쳐나왔다. 지붕을 타고 이동해 집들을 파괴하며 나아가는 괴수를 추월, 그대로 앞질러 도로 정중앙에 내려섰다.

집이 날아가며 피어오른 분진 속에서 괴수가 모습을 드러냈다. 칠판을 손톱으로 긁어내리는 듯한 날카로운 소리를 내고 있었다. 커다랗게 벌린 입에는 이빨이 하나도 없다.

"치과 의사는 필요 없겠네. 부러워라."

괴수가 이쪽을 향해 돌진했다. 호시나가 머리와 몸을 낮추고 땅을 기듯이 몸을 날렸다. 괴수와 지면 사이의 좁은 틈으로 미끄러져, 그대로 뒷다리 사이로 빠져나가 괴수의 몸을 통과했다. 허리에 찬 칼은 이미 검집에서 뽑혀 있었다.

"손맛이 괜찮네."

뒤를 돌아보자 몸통에서 머리가 썩둑 분리되고 있는 참이었다. 큰 소리와 함께 괴수가 쓰러졌다. 호시나는 피에 젖은 도검을 휙 휘둘러 털었다.

"에비나 소대장님, 호시나입니다. 여수는 토벌했습니다."

「……자, 잘했다! 우리도 모든 개체를 토벌했다. 바로 복귀하도록.」

"네."

자신이 토벌한 괴수 옆을 지나가며 호시나는 가만히 생각에 잠겼다.

'역시 나의——호시나의 칼은 아직 통한다.'

다른 대원과 아버지의 지적대로 대형 괴수를 상대하기는 어렵다. 하지만 이번과 같은 소형 괴수, 더 나아가 장애물이 많은 시가지전이라면 호시나에게 유리하다.

콰앙 하고 멀리서 커다란 소리가 들렸다.

'포격음……!'

시선을 돌리자, 강 상류 쪽에서 커다란 목도리가 달린 거대 괴수의 모습이 보였다. 세운 봄을 뒷다리로 지탱하고 있어 전체 높이가 30미터는 되어 보였다.

 '저게 아시로 대장이 상대하고 있는 본수인가?'

 저만한 크기면 아무래도 호시나로는 상대할 수 없다.

 소대에 합류하려는데 오퍼레이터에게서 통신이 들어왔다.

 「여수 한 마리 L 구역 침입! 주의해 주십시오!」

 11시 방향에 도로를 달려 내려가는 괴수가 눈에 들어왔다. 조금 전에 토벌한 개체보다 약간 컸다. 전체 길이가 10미터는 되어 보였다.

 "여기서 가까우니 제가 가겠습니다."

 호시나는 에비나에게 통신을 보낸 뒤, 그대로 괴수를 향해 내달렸다.

 '자, 덤벼 보시지.'

 접촉까지 20미터. 허리에 찬 검집에서 칼을 살짝 뽑았다.

 그러나 괴수는 갑자기 달려 내려오는 걸 멈췄다. 꼬리로 몸을 떠받치며 두 개의 뒷다리로 몸을 일으켰다. 호시나를 경계하고 있는지 괴수와의 거리는 여전히 멀었다. 머리에 달린 목도리 같은 기관이 불룩 부풀어 올랐다.

 '……뭐지?'

다음 순간, 괴수가 입을 벌리고 힘차게 목을 앞으로 내밀어 노란 기가 도는 어마어마한 양의 체액을 마치 물대포처럼 뿜어냈다.

"이런!"

호시나는 위험을 느끼고 즉시 후퇴했다. 그 판단은 옳았다고 할 수 있었다. 전방에 있던 가로수가 액체를 뒤집어쓰고 치익 녹아내린 것이다.

"……용해액인가!"

호시나는 가로수 근처 지면에 있는 어떤 물건을 발견했다. 액체와 함께 괴수의 입에서 튀어나온 사슴의 머리뼈였다.

「들어!」에비나에게서 통신이 들어왔다. 「성장을 거쳐 목도리 형태의 기관이 충분히 발달한 개체는 강산성 타액을 사출한다고 한다. 목도리 안에 타액을 모아뒀다가 먹은 걸 흐물흐물하게 녹여 소화한다는군. 사정거리는 20미터에서 40미터!」

"……!"

저격과 달리 호시나가 괴수를 토벌하려면 접근이 필요하다. 장거리 공격이 가능하다는 건 불리한 정보다.

'……그거라면 그거대로 방법은 있어!'

민가 그늘로 뛰어든 호시나. 그대로 벽을 타고 점프해 괴수의 사각 방향에서 급습하기 위해 칼을 뽑았다. 그걸 눈치챈 괴수가 희번덕 눈을 돌렸지만——.

"늦었어. 내 간격 안이다."

호시나는 측면에서 검을 휘둘렀다.

"1식, 허공 베기."

공중에서 몸을 돌리자, 괴수의 머리에서 선혈이 사방으로 튀었다. 죽였다—— 싶었는데, 머리가 땅에 떨어져 구르지 않았다. 몸과 머리가 여전히 연결된 채로 괴수가 버티고 있었다.

'완전히 숨통을 끊지 못했다고?! 목의 지방이 두꺼웠나!'

목도리가 부풀어 오르고 괴수가 입을 오므렸다.

강산성 액체가 온다. 공중에서는 피할 수 없다.

'안돼. 이대로는——.'

타타타타! 소총의 소사음이 들렸다.

괴수의 움직임이 우뚝 멎었다. 표피가 마치 동결된 것처럼 굳었다.

"발사!"

가까이에서 에비나의 호령이 울렸다. 이어서 괴수 머리가 크게 터져나갔다.

"핵은 인두 안쪽에 있다. 집중적으로 노리도록!"

괴수의 목에 무수한 작열탄이 착탄했다. 다시 목도리가 부풀어 올랐지만, 한층 더 큰 폭발이 발생할 뿐이었다. 하늘을 향해 크게 울부짖고 괴수가 뒤로 쓰러졌다.

쓰러진 괴수 옆을 지나 총을 쥔 에비나가 다가왔다.

"호시나, 넌 근처에 미처 도망치지 못한 민간인이 없는지 확인하고 와라. 피난소에서 아이와 떨어졌다는 신고가 있었어. 마을 어딘가에 남아 있을 가능성도 있다."

"소대장님, 전 아직 싸울 수——."

"네 실력은 잘 알겠다. 훌륭했어. 하지만 이 괴수를 상대하기에는 적절하지 않아."

"……."

"적재적소다. 동결탄으로 상대의 움직임을 둔하게 만든 다음, 작열탄을 쏟아붓는 게 유효하다는 통보가 있었지. 여수를 발견하면 우리에게 알리도록."

"……네."

콰아앙. 저 멀리서 커다란 포격음이 울렸다. 상류에서 커다란 연기가 피어오르고 있었다. 본수에게 아시로 미나의 포격이 이어지고 있는 것이리라.

'쭉 칼과 함께 살아왔어.'

——이제 칼의 시대가 아니다.

일찍이 아버지에게 들은 말이 머릿속에서 울려 퍼졌다.

'내게서 칼을 빼앗으면 대체 뭐가 남지——?'

4

 태양이 산 능선 너머로 가라앉으며 마을에 그림자가 드리웠다. 사태는 착실하게 수습을 향해 나아가고 있었다. 본수는 아시로 미나에 의해 격파되었고, 남은 건 각 지구로 도망친 여수의 토벌뿐이다. 그 여수도 각 소대가 활약하며 토벌 구역 밖으로 나가는 것을 막아내고 있다.
 "예상보다 훨씬 숫자가 많았다. 동결탄도 바닥나서 위험할 뻔했지 뭐야."
 에비나가 이마에 흐르는 땀을 훔쳤다. 전투가 길어지기도 해서 소대원들에게도 피로한 기색이 역력했다. 괴수의 용해액에 다쳐 구호소로 실려 간 대원도 있었다. 하지만 큰 피해를 입지는 않았다.
 '……훌륭하군, 제3부대.'
 호시나는 조용히 숨을 내쉬었다. 소대만이 아니라 전체적으로 연계가 잘 이루어져 있어, 발생한 괴수에 대해 적확한 대처를 하고 있다. 호시나가 지원을 자청했던 건, 어쩌면 교만이었을지도 모른다.
 "아시로 대장님도 나무랄 데가 없고——."

호시나의 나직하게 중얼거린 말을 듣고 에비나가 고개를 끄덕였다.

"……그렇지. 그것만 없다면."

"그것?"

가만히 살펴보니 에비나와 대원들 모두가 어두운 표정을 짓고 있었다. 뭔가 걱정거리가 있는 것 같았다. 아시로는 용모도 단정하고 인품도 좋아 보였다. 결점이 있는 것처럼 보이지는 않았는데——.

"아시로 대장님에게 그렇게 심각한 불안거리가 있습니까?"

"그래. 그 사람은, 그 사람은, 그 사람은——."

그 심각한 모습에 호시나는 저도 모르게 마른침을 삼켰다.

에비나가 목소리를 쥐어짜며 말했다.

"요리를 괴멸적으로 못 해!"

"……네?"

주변 대원들도 고개를 끄덕였다.

"요리요? 그렇게 심각한 얼굴을 할 일은——."

"당연히 심각하지!" 에비나가 크게 외쳤다. "산악지에서 캠핑 훈련이 있었어. 대원들끼리 카레를 만들었는데, 그 사람이 있던 조는 정말로 큰일이었다고. 냄비에 채소도 썰지 않고 그대로 집어넣으려 한단 말이야!"

"……그런 짓을 하는 사람이 있나요?"

"있었다니까! 성격이 특이해서 그러는 게 아니야. 본인이 부엌칼을 쓰지 못하니까 어쩔 수 없이 그러는 거라고. 실제로 부엌칼을 들리니 엄청난 사태가 벌어졌지. 사망자가 나오는 게 아닌가 싶었어."

"어떤 현장이었던 겁니까……."

"부엌칼을 못 쓰겠다면 감자 칼로 껍질을 벗겨 달라고 부탁했다고, 우린. 그랬더니 그 사람이 진지한 얼굴로 이러는 거야. '난 날붙이를 쓰지 못한다'라고!"

"감자 칼을 날붙이에 카운트하는 겁니까……?"

"하여간 정말이지 그 사람은——."

에비나에 이어 다른 대원들도 연이어 불평하기 시작했다. 이런 말까지 듣는 걸 보니 요리 실력은 괴멸적으로 처참한 것 같다. 부엌칼도 쥐고 싶지 않다는 말은 사실이었나 보다.

'사랑받고 있네.'

아시로는 대장으로서는 아직 젊다. 하지만 대원들은 모두 그녀를 좋게 생각하고 있는 듯했다.

"……좋아. 이제 이 지역은 괜찮은 것 같군. 가설 거점으로 돌아가자."

"그렇죠. 여수도 더는 안 남은 것 같고——."

등 뒤에서 소리가 들렸다. 호시나는 칼에 손을 얹으며 빠르게 뒤를 돌아보았다. 산으로 이어진 길에 인접한 외딴 독채. 그 정원에 한 소년이 있었다. 품에는 한 마리의 닥스훈트를 안고 있다.

"저건…… 아직도 숨어 있었나?"

"피난소에서 수색 요청이 있던 아이군. 외모와 복장 특징이 일치해."

"도망친 개를 쫓아갔던…… 걸까요? 별다른 부상도 없는 것 같네요."

소년은 겁에 질려 이쪽을 살피고 있었다.

"괜찮아. 많이 무서웠지? 이쪽으로 오렴."

호시나의 말에 소년이 고개를 끄덕였다. 이쪽을 향해 걸음을 옮기는데 갑자기 품에 안겨 있던 개가 크게 짖었다. 마치 무언가를 겁내고 있는 듯했다.

그때, 오퍼레이터에게서 호시나 일행에게 통신이 들어왔다.

「에비나 소대!」 너무나 다급한 목소리. 「주의하세요! L 토벌 구역에──」

통보가 미처 끝나기도 전에──갑자기 커다란 검은 그림자가 눈앞을 가로질렀다.

전체 길이 10미터가 넘는 괴수였다.

"아니!"

 소년이 품에서 개를 놓았다. 숨 돌릴 틈도 없이 여수가 커다란 입을 벌려 소년을 꿀꺽 삼켜버렸다.

"——!"

 뛰쳐나오는 호시나에게 여수가 고개를 돌려 어마어마한 양의 타액을 분출했다. 집과 나무에 액체가 덮여 증기를 분출했다. 그리고는 그대로 산간부를 향해 전력 질주했다.

"……! 발사! 발사!"

 에비나의 지휘가 날아들어 대원들이 괴수의 등을 향해 총격을 가했다. 그러나 괴수의 모습은 이미 점처럼 작아져 있었다. 사정거리 밖이다.

「L 토벌 구역——여수의 출현을 확인했습니다! 주변을 경계해 주십시오!」

 저녁노을이 드리운 인적이 끊긴 마을. 그곳에 주인이 사라진 소형견이 짖는 소리, 그리고 오퍼레이터의 통신만이 허망하게 울려 퍼졌다.

"……제가 가겠습니다!"

 지금 전력으로 달리면 따라잡을 수 있다. 그렇게 판단해 호시나는 뛰쳐나가려 했지만, 뒤에서 어깨를 강하게 붙잡혔다. 뒤를 돌아보니 에비나가 험악한 표정으로 이쪽을 보고 있었다.

"그만둬라, 호시나."
"막지 말아 주십시오."
"······동결탄이 없어. 우리끼리 상대하는 건 불리해. 다른 소대의 도착을 기다린다."
"원군이 도착하는 동안 잡아먹힌 저 아이는 어떻게 되는 겁니까?"
 그 여수는 충분히 성장해 있었다. 타액도 입속에 듬뿍 모여 있었을 것이다. 하물며 잡아먹힌 것은 어린아이. 소화되기까지 조금의 여유도 없다.
"지금 우리가 이곳에서 쫓지 않으면——."
"아니, 내가 허락하지 않는다."
"어째서입니까!"
"너로는 이기지 못하니까."
"······!"
"방금 그 개체는 여수 중에서도 상당한 대형이다. 네 힘으로는 힘들겠지. 내가 임시로 맡은 대원을 승산 없는 전투에 보낼 순 없어."
"그래서 어린아이가 죽어도 괜찮다는 말입니까!"
"···괜찮을 리가 없잖아!"
 에비나가 큰 소리로 외쳤다. 몸이 떨리고 깨문 입술에선 피가 흘러내렸다.

"괜찮을 리 없지만, 안 돼. 널 보낼 순 없다……."

"…………."

눈앞에서 민간인이 습격당했다. 분하지 않을 리 없다. 원래대로라면 자신도 뒤를 쫓고 싶다고 생각하고 있을지도 모른다. 하지만 에비나는 소대를 지휘하는 위치에 있었다. 그 마음을 억누르고 상황을 냉정하게 바라보며 자신이 무엇을 할 수 있는지 판단하고 있다.

'그렇군. 이래서 부하들이 따르는 건가.'

호시나는 에비나를 똑바로 바라보았다.

"……에비나 소대장님의 지시는 잘 알겠습니다. 그래도 절 보내주십시오."

"너, 무슨 소릴——."

「호시나 소우시로.」

갑자기 통신이 끼어들었다.

"이 목소리, 아시로 대장님이십니까?" 호시나가 말했다.

「이쪽 여수를 정리하는 대로 내가 가겠다. 그것으로는 부족한가?」

"어렵겠는데요. 일각을 다투고 있습니다."

「호시나——네가 그 괴수를 쓰러트릴 수 있나?」

"……저라면 그 아이를 구할 수 있습니다."

호시나는 여기서 통신을 끊었다.

"죄송합니다, 에비나 소대장님."

"아니, 호시나! 거기 서!"

에비나의 제지를 무시하고 달려 나가는 호시나. 그는 지붕으로 뛰어올라, 지금은 이미 작은 검은 점으로 변한 괴수를 전속력으로 쫓아갔다.

——아빠 같은 강한 대원이 되고 싶어.

어린 호시나가 그렇게 말하면 아버지는 웃으며 머리를 쓰다듬어 주었다. 호시나의 아버지는 방위대 대원이자, 뛰어난 검술로 수많은 괴수를 토벌해 소대장에까지 올라갔다. 그러나 어느 토벌 작전에 참가한 이후, 그는 일선에서 물러나 도벌술 교관이 되었다. 큰 부상이 없는데도 불구하고.

그날, 호시나는 정원에서 검술 훈련을 하고 있었다. 그 모습을 지켜보는 아버지에게 호시나는 방위대 대원이 되고 싶다고 선언했다. 언제나처럼 머리를 쓰다듬어주는 것을 기대했다.

다다미가 깔린 방으로 호시나를 불러낸 아버지는 쓸쓸한 표정으로 이렇게 말했다.

——포기해라, 소우시로. 이 시대에 칼만으로는 지킬 수 있는

것도 지킬 수 없다.

 마지막 작전에서 무슨 일이 있었던 건지 호시나는 듣지 못했다. 하지만 아버지의 표정과 말이 모든 것을 이야기해 주고 있는 것처럼 느껴졌다.

 현재 방위대의 주류는 총기다. 작열탄, 동결탄, 발뢰탄──탄약을 구분해 씀으로써 다양한 괴수에 대처할 수 있다. 안전권에서 공격할 수 있기에 근접 무기가 주로 사용되던 때보다 작전 중 부상자도 줄어들었다.

 호시나는 허리에 찬 칼에 손을 얹었다.

 '칼의 시대가 이미 끝났다는 건 내가 가장 잘 알아.'

 현대의 괴수 토벌에 있어 칼은 메인이 될 수 없다.

 '하지만 그래도 내겐 이것밖에 없어.'

 비 오는 날에도, 눈 오는 날에도, 생일에도, 정월에도──어렸을 때부터 매일 칼만을 휘두르며 살아왔다. 칼만을 생각하며 살아왔다. 그 칼로, 익혀 온 도벌술로, 이 가느다란 철 덩어리로 구할 수 있는 것이 조금이라도 남아 있다면.

 '나는 칼을 휘두를 거다.'

 괴수의 뒷모습이 보이기 시작했다. 이미 산 입구에 접어들었다. 이대로 산속으로 들어가면 토벌은 극히 어려워진다.

 "반드시 이곳에서 처리해 주마."

호시나는 핀을 뽑아 섬광폭음탄을 투척했다. 공중에서 격렬한 섬광과 폭음이 울렸다. 괴수가 이쪽으로 몸을 돌리고 거대한 눈알이 호시나를 포착했다.

 목 주변의 목도리형 기관이 부풀어 올라 있었다. 저곳에 용해액이 듬뿍 고여 있고 어린아이가 갇혀 있다. 지금 이 순간에도 몸이 타들어 가고 있을 것이다.

 호시나가 땅을 기듯이 날았다. 괴수가 토해내는 타액을 피하며 접근했다.

 '좋아. 팍팍 토해라! 토하면 잡아먹힌 아이를 녹이는 시간도 그만큼 길어지겠지!'

 조금 전의 경험으로 이 크기의 개체를 일격에 쓰러트릴 수 없다는 걸 알게 되었다. 그렇다면 노려야 하는 건 목 안쪽에 있는, 핵이 있는 바로 그 지점.

 호시나가 땅을 차 날아올랐다. 그대로 괴수의 목에 접근해 칼을 뽑았다.

 "1식, 허공 베기!"

 스쳐 지나가는 순간 몸을 돌렸다. 괴수의 목덜미에 한 줄기의 선이 그어지며 혈액이 뿜어져 나왔다. 하지만 핵이 있는 위치가 아니었고, 심지어 두꺼운 피하지방에 막혀 치명상을 입히지도 못했다.

'몸을 비틀어 피했나? 이 개체는 다른 여수들과 달라! 숨어 있던 것도 그렇고 어느 정도 지능이 있는 것 같다……!'
 휘두른 꼬리가 공중에 있던 호시나의 몸에 세차게 부딪혔다. 엄청난 기세로 날아가 지면과 격돌했다.
 "컥……!"
 폐 속 공기가 전부 빠져나왔다. 몸을 일으키려 해도 생각대로 움직이지 않는다. 오랜 시간 전력을 해방하고 있었기에 슈트는 오버히트 직전이다.
'이래선 조금 전 같은 속도는 내지 못해……!'
 쿠웅 하고 뱃속까지 울리는 땅울림. 괴수가 호시나에게 다가왔다. 입가에서 흘러내린 타액이 땅에 떨어지며 치익치익 하는 소리를 냈다.
 호시나는 어떻게든 남은 힘을 쥐어짜 움직이려 했지만——.
 "……이제 그만두련다."
 도망을 포기하기로 했다. 호시나는 육박해 오는 괴수를 올려다보았다. 칼을 내리고 저항의 기미조차 비추지 않았다.
 괴수가 커다란 입을 벌렸다. 썩은 내 같은 구취가 풍겼다. 호시나는 자신의 목숨을 포기하기라도 한 것처럼 그대로 집어삼켜졌다. 입 속은 빛이 전혀 닿지 않는 암흑이었다. 살갗 위로 치이익 하고 타오르는 듯한 고통이 번졌다. 타액이 호시나의 몸을 좀먹어갔다.

"흐윽……. 아파아……아."

어둠 속에서 어린아이의 울음소리가 들렸다. 아직 살아 있었다. 목소리가 들려온 방향으로 손을 뻗었다. 어린아이와 호시나의 손이 확실하게 닿았다.

아아, 아팠겠지, 괴로웠겠지.

──그렇기에.

"뒤는 나한테 맡기렴."

외부의 공격은 피하지방에 막혀 닿지 않는다. 그럼 무수한 모세혈관이 모인 내부에서라면 어떨까?

슈트의 모든 전력을 해방, 호시나는 혼신의 힘을 쥐어짜 칼을 휘둘렀다.

"4식, 마구 베기!"

귀를 뚫는 듯한 괴수의 비명이 울리고 시야에 저녁 햇살이 날아들었다. 볼주머니가 찢겨 밖으로 나온 것이다. 아이를 끌어안으며 호시나는 칼을 잡았다. 눈앞에 괴수의 목이 있었다.

"이렇게나 가까운 거리면 피할 수 없겠지! 핵에도 닿을 테고 말이야!"

어렸을 때부터 단련해 온 호시나의 검술. 근접전에서 절대적인 위력을 자랑하는 그 일격의 이름은 6식──팔중 베기. 1식과는 비교할 수 없는 위력인 이 기술이라면 이 크기의 여수도 도살할 수 있다. 공격은 빗나가지 않았다. 괴수의 표피에 꽃잎 같은 금이 번져갔다.

 확실하게 숨통을 끊었다.

 그렇게 생각했지만, 괴수는 쓰러지지 않았다. 표피는 갈랐지만, 내부 핵까지는 아슬아슬하게 닿지 못했기 때문이다. 그렇게 된 이유는 명백했다. 호시나가 들고 있던 칼의 부식된 날. 괴수의 타액이 칼의 절단력을 둔화시킨 것이다.

"제길."

 호시나가 아이를 강하게 끌어안으며 땅에 떨어졌다. 완전 해방 해제――슈트의 구동 한계가 찾아왔다. 방금 그 일격은 혼신의 힘을 쥐어짠 것이었다. 몸이 조금도 움직이지 않았다.

 괴수가 터진 볼주머니에서 피를 흘리며 호시나를 노려보았다. 그 눈은 마치 자신을 다치게 만든 생물에 대한 증오로 불타오르고 있는 것 같았다.

'……비겁하군, 난.'

 ――네가 그 괴수를 쓰러트릴 수 있나?

 아시로의 물음에 호시나는 '저라면 그 아이를 구할 수 있습니다'라고 답했다. 무의식적이었지만 자신도 알고 있었을지도 모른다. 이런 커다란 괴수는 절대 쓰러트릴 수 없다는 것을.

괴수가 호시나를 향해 거대한 앞다리를 휘둘렀다. 지금의 호시나는 평범한 인간이다. 저것에 밟히면 조금도 버티지 못하고 끝이다.
 '여기까지인가? 최소한 이 아이만이라도……!'
 호시나가 아이를 멀리 던지려 한 그때였다.
 공기가 떨렸다.
 눈 바로 앞까지 돌진해 오던 괴수, 그 상반신이 통째로 날아가 버렸다.
 "……어?"
 그 광경으로부터 한 박자 늦게 사격음이 들려왔다. 탄속이 음속을 뛰어넘은 결과다. 선혈을 쏟고 있는 괴수의 하반신이 기울어지더니, 무너지듯 땅에 떨어졌다.
 눈앞에서 무슨 일이 벌어졌는지 이해하지 못한 호시나는 멍청히 있을 수밖에 없었다.
「호시나, 감사한다.」
 치직 하고 통신이 연결됐다. 억지로 회선을 연 듯했다.
「네가 아이를 구출해 나와줬기에 이렇게 괴수의 핵을 뚫을 수 있었다.」
 서늘하고 힘찬 아시로의 목소리가 귀에 닿았다.
 "아시로 대장님……."

저 멀리 솟아 있는 맨션 옥상에 총을 든 아시로가 서 있는 것이 보였다. 대구경 총구에서는 흰 연기가 오르고 있었다.

'타이밍이 너무 좋잖아. ……설마 믿어준 건가?'

──저라면 그 아이를 구할 수 있습니다.

발언자인 호시나 자신조차 믿지 못한 말을 아시로 미나는 순순히 믿고 있었다. 그렇기에 옥상에서 대기하다 어린아이를 구출한 직후, 바로 사격으로 이행할 수 있었다.

"호시나! 살아 있냐!"

목소리가 들려온 쪽으로 시선을 돌리자, 에비나 소대가 달려오고 있었다. 괴수가 저격당한 뒤에 다가왔다고 하기에는 너무 빠르다. 호시나가 뛰쳐나간 뒤에 즉시 쫓아온 것이리라. 탄약이 거의 다 떨어졌는데도 말이다.

'하나같이 이런 녀석들만 모인 부대라니──.'

온몸에서 고통이 느껴졌다. 호시나는 눈을 감고 수면의 밑바닥으로 가라앉았다.

5

그로부터 이틀 후, 호시나는 방위대 병원에 와 있었다. 머리와 다리에 붕대를 감고 있었지만, 큰 부상은 아니었기에 금방 퇴원할 수 있을 거라고 했다.

 호시나는 침대 위에서 신문을 펼쳤다. 1면은 얼마 전 토벌 작전에 관한 기사로, 아시로가 부대를 지휘하는 사진이 실려 있었다. 아시로 미나의 지휘하에 방위대 제3부대는 여수를 소탕했다. 피해는 최소한에 그쳤으며, 부흥 작업이 진행되고 있다고 한다.

 병실 문에 노크 소리가 들렸다.

"네, 들어오시죠."

 간호사인가 싶어 대답했지만, 병실에 들어온 건 아시로와 에비나였다.

"아시로 대장님……! 소대장님까지?"

 경례하는 호시나에게 아시로가 웃었다.

"그렇게 딱딱하게 굴 것 없다. 근처에 볼일이 있어서 들른 것뿐이니까."

 아시로는 침대 근처 의자에 걸터앉았다. 모둠 과일이 담긴 바구니를 탁상 위에 두었다.

"감사합니다. 저 같은 녀석 때문에 일부러 병문안까지 와 주시고."

"용건은 그게 다가 아니다."

"……?"

"호시나 소우시로 대원, 제3부대 대장으로서 오우메 토벌 작전에서의 조력에 다시금 감사하는 바다."

아시로가 깊게 고개를 숙였다.

"……이러지 마십시오! 전 방위대원으로서 제가 할 수 있는 걸 한 것뿐입니다. 게다가 감사는커녕 전 현장에선 제대로 공헌하지도 못한걸요."

아시로의 뒤에 직립해 있던 에비나가 보충해 설명했다.

"구출된 아이에게 큰 부상은 없었다. 순조롭게 회복하고 있다더군."

"그건…… 다행이네요."

"호시나, 넌 역시 도검의 스페셜리스트였다." 아시로가 호시나를 똑바로 바라보았다. "어린아이의 목숨을 구한 건 확실하게 너야. 그리고 아직 답변을 듣지 못했지."

"……답변?"

아시로가 호시나의 앞으로 손을 내밀었다.

"내 부대에 오지 않겠나, 호시나."

아시로의 말에 마음이 다시 일렁였다.

대장실에서 같은 말을 들었을 때는 사회생활 차원의 발언일 거라고 생각했다. 하지만 아시로 미나는 아무런 겉치레 없이, 정말로 호시나의 검술을 필요로 해 주고 있다.

하지만 순순히 고개를 끄덕일 수는 없었다.

"감사한 제안이지만, 솔직히 망설이고 있습니다. 전 칼 말고는 재주가 없어요. 하지만 이번 작전에서는 그 칼조차 도움이 되지 못했으니……."

"호시나, 네 칼은 이 이상 진화하지 못하는 건가?"

"네? 아뇨……. 그렇지는 않습니다."

호시나가 생각하기에 무(武)의 길에는 끝이 없다. 어제보다는 내일의 자신이 강하리라. 그렇게 생각하며 매일 칼을 휘두르고 있다.

"그렇다면 호시나, 넌 더욱 검술을 갈고닦으면 된다. 내 부대에 와서 그 길을 가도록."

"……!"

호시나의 지금 실력이 부족하다는 것을 알면서도 호시나에게 부대에 오라고 한다. 그런 말을 듣는 건 처음이었다.

물론 아버지와 상사가 한 말에도 일리는 있다. 호시나가 아무리 도검 실력을 갈고닦아도 총기의 해방 전력이 낮은 건 불리하다. 혼자서 대형 괴수를 상대하기는 어려울 것이다. 하지만 호시나는 어떤 마음을 품고 있었다.

'꼭 내가 쓰러트릴 필요는 없어.'

대괴수를 묶어두는 호시나와 다른 대원들. 그곳으로 달려올

대장——아시로 미나에게까지 이어놓을 수 있다면 분명 그녀가 마지막에 괴수를 쓰러트려 줄 것이다. 그런 환상 같은 미래가 뇌리를 스쳤다.

호시나는 훗 하고 웃었다.

"전 지금까지 부대 내에서 종기 같은 취급을 받았습니다. 그런 저도 도움이 된다고 하신다면——부디 제3부대에 들어가고 싶습니다."

"정해졌군."

자신에게 내밀어진 아시로의 손을 호시나가 강하게 쥐었다.

"그럼 난 이만 실례하지. 너희 부대 대장에게도 말해 둬야 하니까."

"아마 괜찮을 겁니다. 전선에서 물러나란 말을 귀가 떨어지도록 듣고 있으니까요."

"그리고 호시나, 하나 더 말해두고 싶은 게 있다. 이번 임무에서 소대장인 에비나의 명령을 무시하고 단독 행동에 나섰지? 그걸 불문에 부치는 건 아무래도 불가능해."

"아——……."

"퇴원해서 우리 부대에 들어오게 되면 잔뜩 굴려주겠다."

"나도 안 봐줄 거다." 에비나가 말했다.

호시나는 침대 위에서 배를 부여잡고 쓰게 웃었다.

"……하하. 하여간, 재밌는 부대가 될 것 같아."

6

"하아아아아압!"

도장에서 날아드는 키코루의 공격을 피하면서 호시나는 생각했다.

'……어이쿠. 대단하다니까.'

키코루의 공격 하나하나는 빠르고 날카로웠다. 아오이만큼의 위력은 없지만, 화려한 발기술로 적절하게 거리를 좁혀 온다. 공격적이고 기술적이다.

'그래도 아직은 거칠어.'

두 사람의 거리가 벌어졌지만, 호시나 쪽에서 간격을 좁혔다. 키코루는 그것을 놓치지 않았다. 그에 맞추듯이 앞으로 나와 호시나의 팔뚝을 노렸다. 평범한 상대라면 이것으로 한 판을 가져갔을 것이다.

그러나 그녀의 검은 허공을 갈랐다. 몸 뒤쪽을 딛고 있던 발을 이용해 뒤로 물러나 팔뚝 공격을 피한 호시나는 이미 죽도를 위로 치켜든 상태였다. 죽도를 밑으로 휘두르며 무방비해진 그녀의 얼굴을 찌른다. 손목 피해 머리치기——한 판이다.

"……윽!"
"역시 대단한데? 다만 예비 동작이 살짝 너무 크네. 빈틈투성이야."
"……! 감사, 합니다."
키코루는 고개를 숙이고 인사했지만, 목소리는 불만으로 가득했다.
'……정말로 지는 걸 싫어하는구나. 앞으로 더욱 늘겠어.'
"어이! 왜 그러냐, 신입! 더 힘차게 덤비지 못해?"
커다랗고 굵은 목소리가 도장을 울렸다. 소대장 에비나가 신입과 대련하고 있었다. 당시에는 신임 소대장이던 그도 지금은 이미 베테랑이다. 변함없는 말투와 험상궂은 얼굴에 호시나는 웃었다.
벽에 걸린 시계를 보니 시간은 이미 오후 9시가 지난 상태였다. 호시나는 짝짝 손뼉을 쳤다.
"너무 길어진 것 같군. 정리하고 들어갈까?"
'그나저나 그리운 기억을 떠올렸네.'
자신의 칼을 믿고, 혹은 끝까지 믿지 못하고 악착같이 뛰어다니던 새파란 시절. 호시나의 성장을 믿고 그를 필요로 해준 아시로. 그렇기에 그는 이 제3부대에 오는 것을 선택했다.
'뭐, 그 뒤에도 많은 일이 있었고……. 오히려 거기서부터가

큰일이었지.'

 조금 전 기억은 호시나가 제3부대에 오게 된 계기에 불과하다. 호시나가 아시로와 함께 임무를 완수하고 전폭적인 신뢰를 받게 되기까지의 과정도 파란만장했지만——그것은 또 다른 이야기다.

 그때 호시나는 도장 문 근처에 있는 그림자를 발견했다. 가까이 다가가 말을 걸었다.

"뭡니까, 대장님. 무슨 일 있으세요?"

 방위대 슈트를 입은 아시로가 담담한 표정으로 고개를 가로저었다.

"잠깐 이야기하고 싶은 것이 있었지만 내일 하지."

"아뇨, 괜찮습니다. 마침 끝난 참이니까요."

 아시로는 말없이 팔을 들어 호시나의 뒤를 가리켰다.

"음?"

 의아해서 뒤를 돌아보자, 카프카가 이쪽을 바라보고 있었다. 조금 전에 참패했음에도 불구하고 그 눈에는 불타오르는 듯한 투지가 깃들어 있었다.

"죄송합니다, 호시나 부대장님. 마지막으로 한 번만 더 대련을 부탁드릴 수 있을까요!"

 이어서 뒤에 선 레노도 말했다.

"저도 부탁드립니다."

오늘은 이미 끝이야——라고 말하고 싶었다. 하지만 두 사람의 눈을 보고 있자니 그런 마음이 사라졌다. 호시나는 허리에 손을 얹고 한숨을 쉬었다.

"어쩔 수 없네. 한 판만이다?"

"감사합니다!"

카프카가 죽도를 쥐었다. 키코루에 비하면 초심자 느낌이 풀풀 나는, 허점이 가득한 자세다. 기초가 전혀 갖추어져 있지 않다. 수십 번을 해도 호시나에게서 한 판도 빼앗지 못하리라.

'훌륭한 건 기백 정도로군.'

아시로 미나의 옆에 서겠다——카프카는 그런 무모하다고 할 수 있는 뜻을 품고 있다. 하지만 호시나가 생각하기에 현실이란 비정한 것이다. 아무리 강한 의지가 있어도, 아무리 노력을 쌓아도 그것은 꿈의 성취를 보장하지 못하니까.

해방 전력 1%인 최고령자 신입이 아시로와 나란히 서게 될 가능성은 한없이 제로에 가깝다. 기백만으로 어떻게 해결되는 것이 아니다.

'포기하지만 않으면 꿈은 이루어질 거라고, 정면에선 말할 수 없을 정도로는 나도 사회에 찌들었지.'

하지만 딱 하나 확실하게 말할 수 있는 것이 있다. 포기한 자에게는 다음이 없다는 것. 가능성은 한없이 제로에 가까워도, 멈추지 않는 한 그것에 조금씩 다가갈 수 있다. 아무리 느린 걸음이어도. 호시나는 그걸 알고 있다.

호시나는 죽도를 쥐고 히죽 웃었다.

"덤벼라, 병아리."

이 어린 새들이 어떻게 자라날지는 호시나도 아직은 알지 못한다.

CHAPTER 4

후보생・히비노 카프카

1

"히비노 대원, 인터뷰 괜찮으실까요?"

"아, 네……!"

취재 첫째 날 사격 훈련장. 키코루와 레노의 인터뷰가 끝나고 디렉터가 카프카에게 마이크를 돌렸다. 긴장 때문인지 입 속이 묘하게 말라붙었다.

"히비노 대원은 서른둘이란 나이에 입대하셨다는데, 대원 생활은 어떠십니까?"

"……그렇죠. 저기, 체력적인 문제가 있어 솔직히 힘든 점도 많습니다. 주변이 온통 젊은 대원들뿐이니까요. 하지만 계속 물고 늘어질 생각입니다……!"

"방위대에 들어오기 전에는 어떤 일을 하셨습니까?"

"아, 괴수 해체업체에서 일했습니다. 저기, 몬스터 스위퍼라는 곳인데……."

"아하. 전 직장에서도 괴수와 관련된 일을 하셨군요. 그곳에서 경험을 쌓아 자신의 힘을 방위대에서 살려보겠다고 마음먹으신 걸까요?"

"아, 저기, 조금 다릅니다. 전 직장의 경험을 살리고 싶다는 것도 물론 당연하지만, 방위대에 들어온 건 그야말로…… 초등학생 때부터 목표였기 때문입니다. 과거에 몇 번이나 시험을 치렀는데 떨궈져서——아, 떨어져 버려서!"

 온몸에서 땀이 흠뻑 배어 나오고, 답변은 횡설수설. 긴장한 카프카의 모습을 보고 디렉터도 웃음을 짓고 있었다.

 '틀렸어. 난 역시 이런 인터뷰에 익숙하지 않다고……! 빨리 끝나지 않으려나……!'

 그런 생각을 한 순간, 디렉터가 질문했다.

 "초등학생 때부터 목표였군요. 그럼 뭔가 계기가 있으셨던 걸까요?"

 "…………."

 앞서 답변할 때는 계속 버벅거렸지만, 이때만큼은 매끄럽게 입이 움직였다.

 "당시 제가 살던 지역도 괴수 재난 피해를 입었습니다. 소꿉친구의 집도 무너졌죠. 그래서 같이 있던 소꿉친구와 함께 맹세했습니다. 방위대원이 되어 괴수를 쓰러트리자고."

 가로수, 도로, 집, 공원, 학교——괴수라는 압도적인 힘 앞에 자신들이 살아온 마을이 파괴되어 갔다. 카프카는 지금도 그 광경을 선명히 떠올릴 수 있다. 그런 절망을 앞에 두고도 마음은 꺾이지 않아 방위대원이 되겠다고 맹세했다.

그러나 현실은 가혹했고, 카프카는 계속해서 시험에 떨어졌다. 나이 제한이 있어 포기하게 됐지만——레노와 만나 다시 방위대원을 목표하게 되었다.

"네, 감사합니다. 훈련 중에 죄송했습니다."

"저, 저야말로, 감사합니다!"

키코루에게 인터뷰 감상을 묻자, 그녀는 잘라 말했다.

"글쎄. 긴장한 나머지 '저기'를 너무 남발했지. 가위질당하거나 아예 통으로 편집 당하지 않을까?"

"너만큼 익숙하지 않단 말이다!"

카프카는 조용히 주먹을 쥐었다. 지금은 아직 닿지 않는다. 하지만 그래도 속으로 맹세했다.

'언젠가 미나의, 그 녀석의 옆에 서 보이겠어.'

2

방송국 취재도 5일째를 맞이해, 촬영 일정은 오늘 하루만 남게 되었다. 스케줄이 매끄럽게 진행되어 지금까지 커다란 문제도 발생하지 않았다.

"그래서 대장님, 할 이야기란 게 뭡니까?"

호시나는 아침 일찍부터 대장실을 방문한 상태였다. 어젯밤

도장에서 아시로가 뭔가 이야기를 하려고 했기 때문이다. 그녀는 집무 책상에서 서류를 보고 있었다. 등 뒤 창문 너머로 보이는 하늘은 어두컴컴해서 당장이라도 비가 쏟아질 것 같았다.

"다음 주 말인데, 아리아케 임해기지 출장이 결정됐다."

"이 타이밍이면…… 두 식별 괴수 건입니까?"

"그래." 아시로가 긍정했다. "상층부도 사태를 심각하게 보고 있는 듯해. 원래대로라면 너도 동석하게 하고 싶지만, 상황이 상황이다 보니. 그동안 기지는 네게 맡기지."

"알겠습니다. 이카루가나 시노미야에겐 아무래도 짐이 무거울 테니까요."

니시도쿄 구역 일대에서 목격된 괴수 8호와 괴수 9호. 그들을 토벌하지 못한 상태에서 제3부대 최대 전력인 두 사람이 기지를 비우는 건 매우 위험했다.

"출장 부디 조심해서 다녀오십시오. 그럼 전 돌아가 보겠습니다."

호시나가 방에서 물러나려 하자 아시로가 말을 붙였다.

"……취재 쪽은 어떻지?"

"순조롭습니다. 시노미야에 이즈모, 카구라기에 후루하시, 게다가 이치카와랑 다른 녀석들까지 올해는 풍작이니까요. 저쪽도 취재하는 보람을 느끼고 있다고 할까, 꽤나 의욕적입니다."

"그런가."
"아, 그리고 히비노도 비교적 주목받고 있습니다."
"…………."
"신입 중 최고령자이니 방송에서도 다루기 쉽겠죠. 그 녀석도 정규 대원으로 승격이 정해져 열심히 노력하고 있습니다. 헛돌고 있을 때도 많지만……. 음?"
 아시로는 아무런 코멘트도 하지 않았다. 그저 묵묵하게 서류를 훑어보고 있었다. 그러나 호시나에겐 그녀의 입가가 희미하게 풀어져 있는 것처럼 보였다.
"내가 임명하기 전까지는 정규 대원이 아니라는 것도 고지했나?"
"아, 네……. 임명은 다음 주던가요?"
 그때 아시로의 책상에 놓인 전화기가 울렸다. 그녀는 벨소리 한 번 만에 그것을 받았다. 그 표정은 평소와 다를 바 없이 냉정하고 침착했다.
'뭐지, 조금 전 미소는 잘못 본 건가……?'
"아시로다. 오코노기인가? ──알았다."
 그 목소리에 호시나는 즉시 사태를 깨달았다.
"대장님, 출격입니까?"
"그래. 당장 소집하도록."

창문 유리에 투둑 하고 빗방울이 부딪쳤다.

"비인가……." 식당에서 아침을 먹던 카프카가 밖을 보며 나른하게 중얼거렸다. "오전이 사격 훈련이었지? 비가 오는 날은 싫은데. 땅은 미끄럽고 총을 든 손은 춥고……."
 정면에 앉은 레노가 낫토를 저으며 대답했다.
"어쩔 수 없어요. 현장에서 괴수를 토벌할 때도 반드시 좋은 날씨란 법은 없으니까요."
"그렇지. 몬스터 스위퍼 시절도 힘들었는데……."
"눈이 쌓였을 땐 최악이었으니까요……."
"……그래도 네 말이 맞아. 괴수가 우리 쪽 사정을 헤아려 주는 건 아니니까."
 맞은편 자리로 시선을 돌리자, 취재팀이 아침 식사 장면을 촬영하고 있는 것이 보였다.
"취재는 오늘로 끝인가? 길었던 것도 같고 눈 깜짝할 사이였던 것도 같네."
 결국 카프카는 카메라 앞에서 좋은 모습을 보여주지 못했다. 첫날 인터뷰에서는 횡설수설했고, 둘째 날 장애물 경주에선 꼴등을 기록했다. 어제 검술 훈련에서도 결국 호시나에게 한 번의 공격도 성공하지 못했다.

"마지막 날 정도는 좋은 모습을 보여주고 싶은데……."

"무슨 소릴 하는 거야. 괜히 또 호기 부렸다가는 안 하느니만 못한 일만 벌어질걸?"

뒤에서 빈 트레이를 옮기던 키코루가 말했다. 옆에는 아카리와 하쿠아도 함께다.

"키코루, 그거 무슨 뜻이냐."

"다른 사람도 아닌 당신인데 보나 마나 헛돌기만 하겠지. 호기 부리지 말고 훈련이나 해."

그녀가 주위 사람들이 듣지 못하도록 슬쩍 귓속말했다.

'잘 들어. 마지막 날이니까 꼬리 잡히지 않게 얌전히 있으란 말이야.'

'아, 그랬지. 꼬리를 잡히기보다는 뿔을 잡히겠지만.'

"구체적인 특징을 말하는 게 아니야!"

저도 모르게 크게 외쳐버린 키코루에게 시선이 모였다.

"키코룽, 무슨 일이야?" 아카리도 뒤에서 작게 고개를 갸웃거렸다.

키코루는 볼을 빨갛게 물들이고는 태연을 가장해 어험 하고 목을 가다듬었다.

'어쨌든 조심하도록 해.'

'그렇게 큰 소리 내지 마. 농담이잖아?'

'……히비노 카프카. 당신 그러다 조만간 변변찮은 아저씨 개그 같은 걸 해버릴 것 같아.'

'……하, 하핫. 아무리 그래도 그런 걸 왜 하겠어?'

카프카가 아직 초등학생일 때, 아저씨 개그를 연발하는 담임 선생님이 있었다. 자신은 커서 저런 재미없는 말장난은 안 할 거라고 맹세했던 기억이 있다.

"이, 이봐, 이치카와. 내가 한 농담, 그렇게까지 썰렁하진 않았지?"

저도 모르게 불안해져 마주 앉아 쌀밥을 입으로 가져가는 레노에게 물었다.

"뭐, 그냥저냥이었죠."

"그렇지? 그냥저냥……."

"겨울의 동해 해변 같은 느낌이었죠."

"혹한이잖아!"

"하지만 선배, 시노미야가 한 말대로 정말 조심하는 게 좋아요. ……괴수화에 관해서는요."

"그건…… 그렇지."

키코루와 레노 둘 다 최근 며칠간 카프카에게 평소 이상으로 신경 써 주고 있다. 레노는 지금도 괴수 8호의 가면을 가지고 다닐 정도다.

"에이, 괜찮아. 아무리 그래도 첫날 같은 실수는 안 하지."
그때, 식당에 띠리리리리리리—— 하고 큰 경보음이 울렸다.
"이건······?!"
약 3주 전, 사가미하라 토벌 작전 때와 같다.
「괴수 발생, 괴수 발생. 대원들은 즉시 출격을 준비하도록.」
오퍼레이터의 목소리가 들리자마자 식당에 있던 대원들이 밖으로 향했다. 레노와 카프카도 얼굴을 마주 보고는 자리에서 일어나, 식사를 마치지 않았는데도 밖으로 뛰쳐나갔다.
요란하게 쏟아지는 빗속에서 파카의 후드를 눌러쓴 호시나가 걸어왔다.
"제3부대 전원 출격이다. 바로 준비에 들어가도록."
"네!"
카프카와 대원들이 경례로 답했다.

3

수송차의 대규모 행렬이 산길을 올라갔다. 그 안에는 무기와 구호용품, 그리고 제3부대 대원들이 가득 차 있었다. 차에 흔들리면서 카프카는 배를 부여잡고 신음했다.
"으으······."

그것을 본 호시나가 황당해하는 기색으로 말했다.
"뭐야, 카프카. 또 전처럼 과식이라도 했어?"
"아, 아뇨. 오히려 오늘은 아침을 먹다 말고 나와서 배가 고프다고 할까……!"
카프카의 뱃소리가 꾸르르륵하고 차 내부를 울렸다.
"저번엔 과식하더니 이번엔 배가 고프다고. 정말 극단적인 녀석이네……."
산길의 흔들림과 진동이 몸에 울린다.
'큰일인걸. 조금 속이 안 좋아졌어…….'
카프카는 슈트 안쪽에 땀이 흠뻑 배어 나오고 있다는 걸 깨달았다. 차가 현장과 가까워짐에 따라 자신의 안에서 울리는 고동도 커져갔다.
그때 옆에서 누가 어깨를 두드렸다. 옆자리에 있던 레노가 초콜릿바를 내밀었다.
"선배, 여기요. 드세요."
"괜찮은 거냐? 네 거잖아."
"전 괜찮아요. 게다가 선배가 말했잖아요. 먹을 수 있을 때 먹어두지 않으면 나중에 못 버텨요."
그건 레노가 아르바이트를 하러 온 첫날에 카프카가 해준 말이었다.

"그런 걸 잘도 기억하는구나."

"당연히 기억하죠."

"……고맙다, 이치카와."

카프카는 감사를 표한 뒤, 그것을 받아 우걱우걱 하고 먹어 치웠다.

'이제 조금 진정되네. 게다가 내겐 내 무기가 있으니까. 현장에서 할 수 있는 걸 하자.'

임명은 아직이지만, 사가미하라에서 전선에 나가 괴수의 급소를 빠르게 밝혀낸 것 덕분에 정규 대원으로 인정받을 수 있었다. 야간의 자신감은 붙은 상태였다.

"호시나 부대장님! 이번에도 현장에서 괴수의 핵을 특정해 정보를 공유하겠습니다!"

카프카가 힘차게 선언하자 호시나도 고개를 끄덕였다.

"좋은 마음가짐이야. 다만 이번엔 필요 없을걸? 괴수의 핵 위치라면 이미 밝혀졌거든."

"에엑?!"

미끄러진 카프카가 그만 차에서 떨어질 뻔했다.

"조금 전에 분석팀이 현장의 괴수 영상을 확인해 연락했다. 이번 괴수는 1주일 전에 이카루가 소대가 토벌한 것과 같은 계통이라고 하더군."

"그렇습니까······."

 아니, 오히려 기뻐해야 할 일이다. 지금 시점에서 핵의 위치를 알고 있다면 그것만으로도 괴수 대처가 쉬워진다. 방위대 분석팀이 수집해 온 데이터의 산물이다.

"하지만 그 밖에도 할 수 있는 것이 있지. 안 그런가?"

"······! 네!"

 호시나의 물음에 카프카는 힘차게 대답했다. 분석만이 일은 아니다. 타격을 받은 여수의 무력화, 다른 대원의 서포트 등 할 수 있는 일은 많다. 벌써 몇 번을 반복했는지 모를 정도지만, 소총과 슈트를 꼼꼼하게 체크했다.

 그리고 카프카는 그제야 정면에 앉은 키코루가 조금 전부터 아무 말이 없다는 걸 깨달았다. 그녀는 턱을 괴고 뚱한 표정을 짓고 있었다.

"······왜 그러냐, 키코루?"

"왜 그러냐니, 뭐가?"

"아니, 뭔가 기분이 안 좋아 보여서."

"딱히······ 그렇진 않아."

"아침을 제대로 못 먹었다거나?"

"······당신이랑 똑같이 취급하지 말아줬으면 하는데."

"뭐? 아침밥은 중요하다고!"

소란을 피우는 카프카 앞에서 키코루는 하아 하고 크게 한숨을 쉬었다.

 키코루의 기분이 안 좋은 건 출발 직전에 호시나가 말한 어느 한마디 때문이었다.
 "네?! 이번 작전에선 제 전용 무기를 쓸 수 없나요?!"
 크게 외친 키코루에게 호시나는 냉정하게 고개를 끄덕였다.
 "아쉽지만 말이지. 그 대형 도끼는 이즈모 테크스에 반송한 참이거든. 미세 조정이 필요하다고 하더군. 이번 작전은 총화기로 대응할 수 있겠어?"
 "모처럼 도끼술도 익혔는데! 그럼 대검 쪽은――."
 "그쪽도 마찬가지로 반송했다."
 "…………."
 손에 감겨드는 대형 도끼와 대검의 감촉. 총화기로는 불가능했던 새로운 전략이 가능해져 키코루의 전투력은 비약적으로 상승됐어야 했다. 그것을 들고 현장에 나가는 것을 상상하고 있던 만큼 불만이 컸다.
 "너의 해방 전력이면 총기도 충분한 위력이야. 전용 무기는 다음 전투까지 미뤄둔다."
 "알겠……습니다."

키코루는 마지못해 고개를 끄덕일 수밖에 없었다.

"딱히 문제 없어……. 나라면 총으로도 충분히 싸울 수 있으니까."
"무슨 소릴 하는 거냐, 키코루?"
"아무것도 아니라니까."
키코루가 고개를 휙 돌렸다.
"……?"
그런 사정은 모르는 채, 카프카는 고개를 갸웃거렸다.
기지를 출발하고 2시간 넘게 지난 뒤에야 드디어 수송차가 정지했다.
호시나가 자리에서 일어나 차에 타고 있는 대원들의 얼굴을 둘러보았다.
"자, 가자——. 괴수 퇴치 시간이다. 기합 넣고 해보자고."
문이 열리자 싸늘한 바람이 불어왔다. 바깥 풍경을 본 카프카는 숨을 들이켰다. 광활한 부지에 수십 대나 되는 수송차가 나열해 있었다. 회색 하늘 밑, 눈앞에 우뚝 솟은 영봉 후지. 야마나시 현 미나미츠루——육상 자위대 키타후지 주둔지다.
카프카는 자신의 양 볼을 치며 바깥으로 걸어 나왔다.
"좋아! 가보자고, 이치카와! 키코루!"

"어째서 당신이 명령하는 건데……. 나 참."
제3부대의 괴수 토벌 작전이 시작되려 하고 있었다.

4

"푸엣취! 으으, 으슬으슬하네……."
카프카는 심한 한기에 저도 모르게 몸을 끌어안았다. 기온도 낮은데 하늘에서 쏟아지는 비에 몸이 한층 차게 식었다.
레노는 방위대의 우천용 파카 후드를 눈을 덮을 만큼 깊게 눌러썼다.
"표고가 높으니까요. 이런 시기에도 도쿄에 비하면 6도나 낮다고 해요."
"피서지로서는 최고겠지만……."
"기세 좋게 뛰쳐나가 놓고 이런 꼴이라니, 당신도 참." 주변을 둘러보며 키코루가 말했다. "그래도 확실히 좋은 곳이네. 비만 안 온다면."
카프카 일행은 똑바로 뻗은 도로 한가운데에 서 있었다. 도로를 따라 나아간 곳에 커다란 호수가 펼쳐져 있고, 그 너머에는 후지산이 우뚝 솟아 있다. 카프카 일행이 있는 곳은 후지 5호 중에서도 가장 큰 둘레를 자랑하는 카와구치호. 호수 주변에는 호텔이 많지만, 지금은 인기척이 전혀 느껴지지 않는 무인 도시가 되었다. 괴수가 발견되자마자 자위대에 의해 피난이 완료되었기 때문이다.

'지금 저기서 괴수가 튀어나와도 이상하지 않은 거야…….'

카프카는 총을 쥔 손에 힘을 주었다.

"취재진의 눈도 있으니 괜한 짓은 못 하겠어."

"취재팀이라면 없어." 키코루가 부정했다.

"뭐? 어째서? 오늘까지잖아?"

"이번 취재는 우리의 기지 내 훈련 모습을 찍기 위한 거였으니까. 현장에 오는 거면 행정적인 신청도 필요하고 애초에 일반인은 출입 못 해."

"아……. 그도 그렇구나."

해체업체에 있던 시절에도 괴수 토벌 통지를 받은 뒤에야 현장에 들어갔던 것이 떠올랐다.

"선배, 혹시 의욕을 불태웠던 게 취재팀이 있을 줄 알고 그랬던 건……."

"윽! 아니, 조금만, 살짝만 그랬어!"

「신입들, 들리나?」

호시나에게서 통신이 들어왔다. 비가 오기 때문인지 무선에 노이즈가 섞였다.

"호시나 부대장님이다!"

「각 대원, 지정 위치에 도착했겠지? 작전을 다시 확인하겠다. 토벌 대상인 괴수는 카와구치호에 출현했다. 본수는 호수 내부, 여수는 시가지가 있는 호수 남쪽으로 상륙한 상태. 아시로 대장님과 우리는 본수 및 시가지를 배회 중인 여수의 토벌을 맡게 되었다. 신입들이 맡은 임무는 호수 서쪽으로 상륙한 여수를 토벌하는 것. 대형 개체와 머리가 좋은 개체도 있으니 방심은 금물이다. 그리고 우리가 대처할 예정이지만, 본수가 그쪽으로 갈 가능성도 있다. 그렇게 된다면 너희가 막아야 한다.」

"……네!"

카프카가 전의를 끌어올리려는 듯이 외쳤다.

「이어서 아시로 대장님의 말씀이 있겠다. 귀담아듣도록.」

「제군, 들리나?」

긴장감이 어린 서늘한 목소리가 울렸다.

'미나――!'

「사전에 통보한 대로 본 건 본수의 추정 포티튜드는 7.1. 여수도 다수 확인되었다. 실수 하나로도 목숨이 위험할 수 있다.」

목숨의 위험――방위대의 임무는 언제나 죽음과 등을 맞대고 있다. 알고는 있었지만, 아시로의 입을 통해 듣자 카프카의 가슴이 새삼스럽게 쿵 뛰었다.

「그런 임무인데도 도망치지 않고 임무에 임한 제군에게 경의를 표한다. 시각 1015——본 시각부터 카와구치호 토벌 작전을 개시한다.」

그 말과 함께 멀리서 총성이 들려왔다. 토벌이 시작된 것이다.

오퍼레이터에게서 즉시 통신이 들어왔다.

「여수 세 마리 상륙 확인! 시노미야 분대, 바로 이동 가능합니까?」

"물론이지. 가자, 레노. 히비노 카프카!"

"선배, 가죠!"

키코루와 레노의 말에 카프카는 힘차게 대답했다.

"그래!"

키코루를 선두에 세우고 일동은 지도에 표시된 지점으로 향했다.

비에 젖은 도로를 달려 빠져나가자 전방에 괴수가 보이기 시작했다. 팔다리가 달린 어류계 괴수. 어류계 괴수는 유체일 때는 수중에서 생활하지만, 성장하게 되면 육상에서 생활할 수 있게끔 변한다. 체표가 은색으로 빛나고 복부엔 세 줄의 가로선 무늬가 있다. 그런 괴수 세 마리가 도로를 똑바로 달리며 점점 다가오고 있었다.

가장 커다란 개체의 대응에 키코루가 나섰다. 중형은 레노,

카프카는 가장 작은 개체를 맡았다. 전체 길이는 기껏해야 2, 3미터로, 경자동차 정도 되는 크기다.

괴수가 입을 크게 벌렸다. 그 입 속에는 무수한 이빨이 들어차 있었다.

카프카는 멈춰서 소총을 겨눴다.

'전력 완전 해방──!'

카프카는 사가미하라 사건 이후로 상당한 훈련을 쌓았다. 사격훈련 타임 기록도 줄었다. 사가미하라에서 여수에게 날려갔을 때와는 상황이 다르다.

"우오오오오오!"

포효를 지르면서 괴수를 겨냥해 방아쇠를 쥐었다. 카프카가 쏜 혼신의 일격은 괴수의 머리를 관통──하는 일 없이 괴수의 머리에 튕겨 날아갔다.

"어라?"

맹스피드로 돌진해 오는 괴수에 의해 퉁── 하고 날아가는 카프카.

"으아악──?!"

카프카의 몸이 공중을 날아 도로 옆 수풀에 머리부터 처박혔다. 시야가 새카만 어둠에 휩싸였다. 머리가 수풀 사이에 쑥 들어가 도통 빠지질 않았다.

"으윽, 으그극……!"

"당신, 뭐 하는 거야?!"

키코루의 질타에 뒤이어 커다란 사격음이 들렸다.

"으윽……! 잘 안 빠져……!"

카프카가 어둠 속에서 고전하고 있자, 누군가가 발목을 잡아 무를 뽑듯이 억지로 뽑아냈다. 발목을 잡은 키코루가 어이없는 얼굴로 카프카를 보고 있었다.

"푸, 푸핫! 괴수는?"

"이미 정리했어."

키코루가 손가락으로 가리킨 곳에 괴수가 쓰러져 있었다. 몸통에는 커다란 바람구멍이 뚫렸다.

"그, 그래. 역시 키코루야!"

"당신은 아직도 해방 전력이 1%거든?! 상대할 수 있을 리가 없잖아!" 키코루는 카프카의 코끝에 손가락을 척 하고 들이밀었다. "주변에 대원이 있는 상황에선 변신할 수도 없으니까 당신은 당신이 할 수 있는 걸 해."

"……그, 그렇지."

카프카는 고분고분하게 고개를 끄덕였다. 키코루의 말은 타당하다. 훈련을 쌓았다지만, 지금의 해방 전력으로는 일반 대원에게도 도저히 못 미친다.

"참, 이치카와는?"

카프카의 총탄은 괴수에게 아무런 대미지도 주지 못했다. 레노가 상대하고 있던 건 그보다 훨씬 큰 괴수였다. 과연 괜찮을까 싶었는데——.

쿠구웅하는 땅울림. 소리가 들려온 쪽을 보자 도로에 괴수가 쓰러져 있고 배에는 커다란 구멍이 뚫려 있었다. 그 옆에는 총을 든 레노가 서서 후드 밑으로 땀을 닦고 있다.

"오오, 이치카와 나이스! 해냈구나!"

"선배……. 분석팀의 정보대로 핵을 꿰뚫었더니 쓰러졌어요. 게다가 전보다 괴수의 움직임이 잘 보이게 된 것 같은 기분이 들어요."

카프카는 여수를 가만히 들여다보았다. 안구가 인간의 머리 정도의 크기로, 입속에 날카로운 이빨이 무수하게 들어찼다. 복부에는 타치카와의 강가에서 본 괴수와 같은 세 줄의 가로선 무늬가 있다. 어류계 괴수는 종이 다양하지만, 다리의 숫자와 무늬로 종류를 특정할 수 있다. 이번에도 분석팀이 종을 특정하여 핵의 위치를 공유해주었다.

"그나저나…… 역시 어류계 괴수는 가까이에서 보니 섬뜩하구만."

"……섬뜩하다고?"

키코루가 의아하다는 듯이 물었다.

"그래. 봐, 눈 같은 게 커서 조금 무섭잖아."

"선배, 그거…… 혹시 **물고기니까 그렇다고 말할 생각은 아니죠?"

"앗……!"

말문이 막힌 카프카를 앞에 두고 키코루는 차게 식은 표정을 했다.

"했네. 아저씨 개그."

"아니, 아니야! 방금 그건 개그를 하려고 한 게 아니라 우연히……!"

"……레노, 호수 기슭으로 가자. 또 다른 개체가 상륙할지도 몰라."

"……그래, 알았어. 시노미야."

두 사람은 카프카를 두고 호수 기슭으로 달렸다.

"잠깐―?! 너희들, 방금 그건 정말 그러려던 게 아니거든―! 두고 가지 마―!"

뒤를 쫓아가려는데 뒤에서 주욱…… 하고 무언가 끌리는 소리가 들렸다.

"음……. 어, 엑?!"

뒤를 돌아본 카프카의 입이 벌어졌다. 레노가 쓰러트린 여수

**일본어로 '섬뜩하다'와 '물고기'는 발음이 부분적으로 일치함.

가 일어나 있었다. 배에서 피와 내장이 흘러내리고 핏발이 선 눈이 이쪽을 향했다.

'이치카와가 꿰뚫었는데······?!'

괴수가 입을 크게 벌리고 카프카를 향해 달려들었다. 구르듯이 움직여 종이 한 장 차이로 공격을 피했다. 거대한 몸이 옆을 스쳐 지나가자 커다란 바람 소리가 울렸다.

"큭······!"

"선배!"

한 번의 총성이 울렸다. 레노가 쏜 작열탄이 입속에 착탄, 괴수의 머리가 성대하게 터지며 그 몸이 도로로 무너져 이번에야말로 더는 움직이지 않게 되었다.

키코루와 레노가 황급히 카프카의 곁으로 돌아왔다.

"마무리가 어설퍼, 레노. 호시나 부대장님도 방심하지 말라고 말씀하셨잖아."

"미안, 시노미야······. 선배도 죄송합니다. 핵을 관통 못 했던 걸지도 모르겠네요."

"아니야." 카프카는 고개를 가로저었다. "분석팀이 지정한 곳이 확실했어."

"······그럴 리 없잖아. 핵이 손상되면 살아 있을 수 없다고."

"그렇지. ······어쩌면 아종이었던 걸지도 몰라."

아종은 신체적 특징이 조금 다르기 때문에 핵의 위치가 어긋나 있었다고 보고된 사례가 있다.
　──당신은 당신이 할 수 있는 걸 해!
　머릿속에서 조금 전 키코루가 한 말이 울려 퍼졌다.
　"좋아. 내가 괴수 몸을 확인해 보마."
　카프카는 허리 홀더에서 나이프를 꺼내 괴수 위로 뛰어올라갔다. 어류계 괴수는 몇 번 해체해 본 경험이 있다. 하지만 이 개체는 표면이 단단한 비늘에 덮여 있어서 좀처럼 칼이 들지 않았다.
　'제길. 히트 체인소가 있으면 좋은데……'
　작전을 변경해 레노가 만들어낸 상처 속으로 나이프를 집어넣었다. 괴수의 내장이 아직 따뜻해 독특한 냄새를 풍기고 있었다. 계속 쏟아지는 빗속에서 카프카는 홀로 괴수를 해체해 갔다.
　그 모습을 옆에서 가만히 지켜보던 키코루가 감탄한 듯이 중얼거렸다.
　"흠……. 제법이네. 당신, 손재주 좋았구나."
　"모두가 싫어하는 창자 작업도 저 사람은 과감하게 해치웠으니까."
　그런 이야길 나누는 두 사람의 목소리는 이미 카프카의 귀에 닿지 않았다. 그의 시선은 눈앞 괴수에 쏠려 있었다. 복막을 째고 창자를 꺼냈다. 그 뒤쪽에 혈관이 표면을 덮고 있는 커다란 반투명한 장기가 있었다. 내부에 액체가 차 있었다.

'이게 뭐지?'

들어 올리자 파앙하고 터졌다. 그 순간, 코를 찌르는 냄새가 마스크 너머까지 퍼졌다.

"으아, 이거 방광이었잖아! 소변이다! 이치카와, 키코루! 어떡하지? 엄청 냄새나!"

"꺄악—! 그 상태로 가까이 오지 마!!"

"우웁……!"

레노도 해체 일을 했을 때의 트라우마가 자극됐는지 헛구역질을 했다.

"으이그! 놀 거면 먼저 간다!"

"아니, 난 진지하게……. 어, 음?" 해체한 괴수를 보고 카프카는 어떤 사실을 깨달았다. "알아냈다, 이치카와, 키코루! 이 녀석이 왜 일어났던 건지!"

카와구치호에는 호수의 남북을 잇는 대교가 놓여져 있다. 호시나가 있는 곳은 그 대교의 남쪽, 다리 입구 부근이었다. 시가지와 가까운 기슭에서는 수많은 여수가 상륙 중이다. 지금도 여러 괴수가 도시 곳곳을 활보하고 있으며, 호시나를 포함한 숙련된 대원들이 대응에 나선 상태다.

「호시나 부대장님, D(델타) 토벌 구역의 이즈모입니다. 보고드릴 내용이——.」

호수 서쪽에 있는 하루이치의 통신에 호시나가 응답했다.

"핵의 위치를 관통해도 토벌할 수 없나? 그 사례는 이쪽에서도 확인했어. 분석팀에 확인을 요청한 상태다."

많은 대원에게서 같은 보고를 받았다. 호시나 자신도 괴수를 상대하면서 그것을 확인했다.

호시나가 오퍼레이터 오코노기에게 통신을 넣었다.

「오코노기? 나다. 여수를 확실하게 토벌할 방법이 있으니까 모두에게 전달해 줄래? 그 방법은——.」

쿵 하는 소리와 함께 건물 그늘에 숨어 있던 여수 두 마리가 뛰쳐나와 통신 중인 호시나를 등 뒤에서 덮쳤다.

키잉—— 하고 짧은 금속음이 울린 뒤, 다가오던 괴수 두 마리가 우뚝 정지했다. 이윽고 강한 바람이 불어옴과 동시에 몸통에서 머리가 툭 굴러떨어졌다.

호시나가 손에 든 칼을 털어 피를 떨어트렸다.

"목을 날려버리면 핵은 상관없어져. 생선 머리 구이랑 다를 게 없지."

「그런 일을 간단히 할 수 있는 건 호시나 부대장님 정도라고요……!」

"그런가? 하긴 저쪽은 이렇게 간단하게는 안 되려나……."

호시나가 카와구치호 쪽으로 시선을 돌리자, 수면에 커다란 파문이 일었다. 호수 수면에 거대한 물고기 머리가 나타났다. 눈알만도 사람의 키를 넘고, 입은 고래조차 한입에 삼킬 수 있을 만큼 커다랗다.

'본수가 이렇게까지 성장했을 줄이야.'

후지 5호는 과거에 대규모 조사가 실시됐던 곳이다. 그때는 괴수의 서식이 확인되지 않았다. 이 어류계 괴수는 사지를 가지고 있고, 육상에서도 활동할 수 있는 괴수. 유체일 때는 물속에서 지내다가, 성장한 뒤에 육지로 상륙해 서식지를 확대했다──는 것이리라.

첨벙 하고 요란한 물소리를 내며 본수가 호수 안으로 잠수해 들어갔다.

'저런 걸 다른 호수로 도망치게 둘 수는 없지.'

호시나가 다리를 보았다. 다리의 길이는 500미터. 그 중앙에 아시로 미나가 섰다. 흐린 하늘을 반사해 물까지 탁해 보이는 카와구치호를 향해 포신을 고정하고 있다.

'대장님도 슬슬 준비된 것 같은데?'

그때 호시나에게 통신이 들어왔다. 분석팀인가 했는데 카프카가 보낸 통신이었다.

「호시나 부대장님, 통신 괜찮으십니까? 보고드릴 것이 있습니다!」

카프카의 목소리에서 초조함이 느껴졌다.

"짧게. 뭐지?"

「괴수의 사체를 해체해 봤는데, 핵의 위치가 사전 정보와 다릅니다.」

"잘했다. 전원에게 공유할 테니 즉시 위치를 말해 줄 수 있겠나?"

「네. 이 괴수의 핵은 보고된 위치보다 약간 위쪽인 아감딱지 위에 있습니다.」

"꽤 어긋나 있군. 아종인가?"

「아니요. 아종은 아닌 것 같습니다. 그도 그럴 게 이 괴수, 아마 아직 유체인 것 같아서요.」

"유체라고……?"

호시나는 턱에 손을 대고 생각에 잠겼다.

「네. 이 괴수는 미성숙 개체와 성숙 개체 간에 핵의 위치가 약간 다릅니다. 성체가 되면 폐가 발달하면서 근처에 있는 핵을 압박해, 핵이 아래쪽으로 이동하기 때문이죠. 이번에 분석팀이 통보한 핵의 위치는 성숙 개체의 것이었습니다. 하지만 제가 해체해 본 바로는 이 여수는 폐가 아직 완전히 발달해 있지 않았습니다. 유체예요. 핵이 아직 위쪽에 남아 있어서 아래쪽을 쏴도 죽지 않았던 겁니다.」

"……그렇게 생각하긴 어렵다. 브리핑에서도 설명했지만, 이 어류계 괴수의 생태는 성체가 된 이후에 이동하는 거야. 네 가설이 맞는다면 아직 유체인데도 상륙했다는 말이 돼. 폐가 완전히 발달하지 않은 단계에서 상륙했다면 호흡이 고통스러울 텐데."

「뒷받침하는 증거도 있습니다. 폐만이 아니라 증식기관도 미성숙합니다. 어느 쪽이든 상륙한 건 거의 유체입니다. 핵의 위치 정보를 수정해 주십시오!」

"……알았다. 유체란 건 확실한 것 같군."

호수 쪽에서 파쇄음이 들렸다. 자세히 보자, 호수 기슭에 서 있던 집 한 채가 날아가고 있었다. 지금까지의 여수와는 비교할 수 없는 크기의 어류계 괴수가 전진했다.

"호랑이도 제 말 하면 온다더니. 저게 성숙 개체인가?"

괴수 근처에 있던 대원들이 총을 쏴도 갑옷 같은 비늘에는 조금의 흠집도 나지 않았다. 괴수는 대원들에게는 시선 한번 주지 않은 채, 집을 날려버리며 시가지로 나아갔다.

"사격 중지!"

호시나의 명령에 소사 중이던 대원들의 손이 멈췄다.

호시나가 성숙 개체를 향해 뛰어갔다. 그때, 건물 그늘에서 또 하나의 작은 개체가 모습을 드러냈다. 크기를 볼 때 아마도 유체일 것이다.

"거슬려!"

카프카의 정보대로 칼로 아가미 위쪽을 찔렀다. 여수가 지면에 툭 쓰러졌다.

속도를 죽이지 않고 성숙 개체에 다가간 호시나는 조금 전의 유체와 달리 아가미 아래쪽에 칼을 번뜩였다. 괴수가 입에서 피거품을 뿜으며 무너져 내렸다. 완전히 사망했다.

확실히 유체의 핵은 상부, 성숙 개체의 핵은 하부에 있는 듯했다.

"오코노기, 나다. 카프카가 핵의 위치를 찾아냈다."

핵에 대한 정보는 오코노기를 통해서 모든 대원에게 전달되었다.

「카프카, 잘했다.」

"……! 감사합니다!"

카프카는 달리면서 파이팅 포즈를 취했다.

'해냈어. 미력하지만 또 공헌했어!'
"선배, 해냈네요!"
나란히 달리던 레노가 코를 잡으며 답했다.
"……아직도 냄새나?"
"죄송합니다. 냄새나요."
"절대 이쪽으로는 다가오지 마!"
 키코루는 카프카에게서 거리를 벌린 채로 앞서가고 있다. 카프카 일행은 D 토벌 구역을 향하는 중이었다. 다른 신입 대원인 하루이치와 아오이의 대기 장소다. 현장에는 지금도 여러 여수가 상륙 중이라고 했다.
 전방에 건물 그늘에 숨은 여수 한 마리가 보였다. 이쪽의 존재를 발견한 듯한 낌새는 없었다.
"제가 처리할게요."
 레노가 총을 겨누고 방아쇠를 쥐었다. 발사된 총탄이 정확하게 핵을 꿰뚫고, 괴수가 왈칵 피를 뿜으며 쓰러졌다.
'일격이냐!'
 레노의 사격 정밀도와 위력에 카프카는 혀를 내둘렀다.
'엄청나잖아, 이치카와 녀석. 점점 실력이 오르고 있어!'
 그러나 레노는 전혀 우쭐대는 기색 없이 카프카를 보고 얼굴이 밝아졌다.

"선배, 선배의 정보가 도움이 됐어요. 핵을 꿰뚫었더니 바로 쓰러졌네요."

"아니, 나보다는 네 사격 실력 덕분이지."

실제로 핵의 위치를 안다 해도 카프카에겐 그것을 꿰뚫을 실력이 없다.

"저 같은 건 아직 멀었죠. 그런데…… 분석팀의 데이터가 잘못되어 있었다니."

"사진만 보고 판단해 정보에 오류가 있던 사례는 예전에도 있었다고 해." 카프카는 자료실에서 봤던 데이터를 떠올렸다. "하물며 유체가 상륙하는 일은 과거엔 없었을 테니까."

분석팀은 괴수 판별의 프로다. 수많은 데이터를 보유하고 있기에 괴수에 관한 지식량도 카프카보다 풍부할지 모른다. 하지만 오랫동안 괴수의 사체를 접해 현장 경험이 많은 카프카는 약간의 위화감을 느끼고 있었다. 이번에는 그것이 긍정적으로 기능한 모양이었다.

'실제로 현장에 나와 정보를 보강할 수 있다는 게 내 강점이니까.'

목표 지점에 도달했다. 그곳에서는 이미 동기 신입들이 분전하고 있었다. 지면에는 무수한 여수의 사체가 굴러다녔고, 사격음이 끊이지 않고 들려왔다.

"오래 기다렸지?"

기고루가 발사한 총탄에 대원들을 덮쳐오던 괴수가 차례차례 날아갔다.

"이거 든든한 원군이 왔네."

총을 건착하고 있던 하루이치가 이쪽으로 시선을 던지며 씨익 웃었다.

"아군이 왔다고 방심하지 마라, 하루이치." 아오이가 못을 박았다.

"안다니까? 아오이, 레노, 이쪽에 원호 부탁한다!"

총을 쏘며 하루이치가 외쳤다.

"네!"

레노가 달려가 지원에 들어갔다.

'……대단해.'

그 모습을 카프카는 떨어진 곳에서 바라보고 있었다. 자신이 쏜 총탄 따위, 괴수는 너무나도 간단히 튕겨내 버릴 것이다. 게다가 방해만 될 뿐이다.

'완전히 남들만 보고 있잖아.'

카프카는 발치를 보았다. 배에 구멍이 뚫린 괴수가 몸을 일으키려 하고 있었다. 여수의 수가 너무 많아 개중에는 핵을 정확하게 관통하지 못한 개체가 생기는 것이다. 그런 괴수가 사각에서 대원을 공격하면 충분히 위협적이라 볼 수 있다.

'상처가 있다면 나도 할 수 있어!'

카프카는 거리를 벌리고 괴수의 몸에 뚫린 구멍을 향해 총을 쐈다. 상처가 더욱 벌어진 뒤, 괴수는 이번에야말로 땅에 쓰러졌다.

"쓰러진 괴수들은 내가 무력화시키마!"

카프카가 분전하는 대원들을 향해 큰 소리로 외쳤다. 다시 무거운 총을 들고 당장에라도 움직이려 하는 빈사의 괴수를 향해 쏘았다.

'난 내가 할 수 있는 일을 한다!'

그때, 쾅 하는 폭발음이 울렸다.

"뭐지?!"

카프카, 그리고 싸우고 있던 레노와 대원들도 순간 그쪽으로 고개를 돌렸다.

호수 중앙에서 수십 미터에 달하는 물보라가 치솟아 있었다. 운석이라도 떨어졌나 싶은 충격이다. 그 물기둥 중앙에 있는 것은 거대한 본수. 호수에서 뛰어올랐나 싶었지만, 그건 아니었다. 마치 통나무 같은 본수의 커다란 다리 하나가 날아가 있었으니까.

그 광경을 본 모든 대원은 무슨 일이 벌어진 건지 깨달았다.

카프카 역시 주먹을 쥐고 자신도 모르게 외쳤다.
"……미나!"
"선배, 대장님 이름을 함부로 부르면 또 팔굽혀펴기를 해야 할 걸요?"
레노가 크게 외쳤다.
"괜찮아, 통신은 껐——."
「다 들린다, 카프카.」
귓가에서 들린 익숙한 칸사이 억양에 핏기가 싸악 가셨다.
"……어라? 제가 혹시 *끄는* 걸 깜빡했습니까?"
「카와구치호의 둘레가 약 20킬로라고 하지. 나중에 순찰을 겸해 한 바퀴 뛰고 올까?」
"……! 네, 네!"

카프카 일행과 멀리 떨어져 있는 카와구치호 대교. 아시로 미나는 그 중앙에 당당하게 서서 포신을 들고 사격 자세를 취하고 있었다. 옆에는 새하얀 호랑이, 밧코가 있었다.
본수가 호수에서 상륙하면 시가지에 막대한 피해가 발생한다. 또한 카와구치호의 둘레를 생각하면 본수 상륙 뒤 해당 지점으로 대원들이 달려가기에는 시간이 걸린다. 따라서 호수 중앙에서 처리하는 것이 바람직하겠지만, 본수는 좀처럼 수면 위에 모습을 드러내지 않았다.

그래서 아시로 등이 생각해 낸 건 조금 무모한 작전이었다. 바로 괴수의 위치를 가늠해 호수째로 날려버리는 것. 아시로의 화력이 있기에 실행 가능한 불도저 작전이었다.

호수 상공을 비행 중인 여러 대의 드론. 수면의 파문으로 괴수의 대략적인 위치 정보를 산출, 오퍼레이터를 통해 아시로에게 전달하였다. 발사각, 위력 등을 연산하고 아시로 스스로 조준을 미세하게 조정한 후——사격 개시.

평범한 해방 전력이라면 사수가 날아가 버릴 정도의 어마어마한 반동. 바닥을 지탱하던 다리 노면에 큰 금이 새겨졌다. 굉음이 울려 퍼지고 어마어마한 양의 물과 괴수가 회오리치며 상승했다. 괴수는 다리 하나가 날아가 있었다.

"2탄 장전 완료."

괴수는 공중에 휘말려 올라간 상태에서 아시로를 향해 흉악한 얼굴을 돌렸다. 그 입에서 어마어마한 양이 물이 거세게 분사된 순간, 그녀는 반사적으로 옆으로 뛰었다. 몇만 리터에 달하는 물이 선을 그리며 뻗어 나가, 몇 초 전까지 그녀가 서 있던 곳을 산산이 파괴했다. 다리 일부가 부서져 후방으로 날아갈 정도의 공격. 그런 와중에도 아시로는 냉정하게 괴수를 바라보고 있었다.

"밧코."

 호랑이의 지지를 받으며 아시로가 두 번째 탄을 발사했다. 수면에 떨어지기 직전인 괴수를 향해 탄이 일직선으로 날아갔다. 다시금 어마어마한 양의 물보라가 솟구쳤다. 그 충격으로 물은 증발하고 주변이 짙은 안개에 휩싸였다. 찰나의 순간, 괴수의 모습이 가려졌다.

 그러나 주변을 날고 있던 드론은 수면 상황을 포착하고 있었다. 본수가 아시로에게서 거리를 벌리듯 다리 남쪽 방면으로 헤엄쳐 갔다.

「본수, 여전히 생존! 맞은편 기슭으로 유영 중——위치를 재연산하겠습니다.」

"3탄 장전 완료."

「네! 발사 준비!」

 한쪽 다리를 잃었음에도 괴수의 유영 속도는 빨랐다. 다리를 호숫가에 걸치고 다리 옆쪽으로 상륙을 시도했다.

"그렇게는 안 두지."

 그곳에서 호시나가 기다리고 있었다. 칼을 한 번 번뜩여 괴수의 앞다리를 날려버렸다. 지탱할 것을 잃은 괴수가 꼬리부터 호수로 떨어졌다.

"자, 그동안 수고 많았어."

호시나가 곧바로 자리에서 이탈했다. 그곳은 이미 아시로의 사선(射線) 위에 있었다.

"잘했다, 호시나."

 아시로는 즉시 세 번째 탄을 발사했다. 괴수의 등에 커다란 구멍이 뚫리며 어마어마한 양의 물보라와 살점이 주변에 흩뿌려졌다. 날카로운 단말마가 담긴 포효를 내지르며 괴수가 호수에 떠올랐다.

「본수 생존 반응 소실!」

"4탄, 장전 완료."

 오퍼레이터의 보고가 있었는데도 아시로는 손을 쉬지 않았다. 괴수를 바라보며 탄을 발사하기 위해 자세를 취했다. 토벌한 괴수가 재생하는 사례도 있으니 재생이 불가능할 때까지 철저하게 파괴할 필요가 있기 때문이다.

 완전히 숨통이 끊어진 것을 확인한 뒤, 아시로는 고글을 벗고 한숨을 돌렸다. 다리 옆에 있던 호시나가 걸어왔다.

"대장님, 본수 토벌 수고하셨습니다. 그나저나 또 화려하게 해치우셨네요. 이래서 제3부대는 뒤처리가 힘들다는 불평을 듣는 겁니다."

"하루 이틀 일도 아니잖나."

"그건 그렇죠." 호시나가 깔깔 웃었다.

"여수 토벌의 진척 상황은?"

"소탕되어 가고 있습니다. 맞은편 기슭에서 신입들이 열심히 싸워 주고 있는 것 같더군요. 거기만 정리되면 9할 정도는 마무리되지 않을까 합니다. 다만——."

호시나의 말을 아시로가 이어받았다.

"——위화감이 느껴진다?"

"대장님도 그러셨습니까? 마음에 걸리는 건 카프……히비노 대원의 가설입니다."

"들었다. 상륙하고 있는 게 유체란 분석이었지. 증식기관의 발육 상황을 비추어 보면 사실이 그렇겠지. 하지만 그렇다면 다른 문제가 불거진다."

"네. 괴수가 어째서 유체인 채로 상륙했는가 하는 문제죠."

"호수 내부에 먹이가 고갈됐을 가능성은?"

"그것도 말이 안 됩니다. 분석팀이 과거의 사례를 살펴봤을 때, 이 녀석들은 동족상잔을 한다고 하더군요. 이만한 여수가 있으면 먹이는 풍족하죠. 무언가 다른 이유가 있지 않을까 합니다."

"그렇다면——."

그때 두 사람에게 통신이 들어왔다. 가설 거점에 있는 오코노기였다.

「아시로 대장님, 호시나 부대장님! 급한 연락이 있습니다!」

"무슨 일인데 그렇게 당황한 거야?"

「조금 전에 아시로 대장님이 쓰러트린 본수의 추정 포티튜드가——6.5입니다!」

"6.5?"

호시나와 아시로가 서로의 얼굴을 보았다.

"첫 보고에선 추정치가 분명 7.1이었지?"

포티튜드는 첫 보고 시 숫자를 빠르게 산출하기 때문에 정확한 측정치와 동떨어져 있을 때가 있다. 하지만 그렇더라도 오차라 하기에는 너무 크다.

그 순간, 호시나가 퍼뜩 눈을 크게 떴다.

"오코노기, 호수 전역을 드론으로 관측하도록! 어딘가 특이한 파문이 없는지도 확인해. 미진이 없었는지도 체크하고."

「엇, 호수 전역을요? 잠시 기다려주세요……. 아, 있습니다. 확실히 미세한 진동이 관측되는 지점이 있네요. 대장님과 부대장님이 계신 지점의 맞은편 기슭이에요.」

오코노기가 지도에 송신한 정보를 보고 호시나가 고개를 끄덕였다.

"대장님, 이거 설마……."

"그래. 나도 그 가능성을 의심하고 있다." 아시로가 통신을 넣었다. "이카루가 소대, 들리나? 즉시 내가 지정하는 구역으로 이동하도록."

5

 아시로가 본수 토벌에 성공했다는 소식은 대원들에게 즉시 전달되었다.
 "미나가……!"
 여수의 숨통을 끊고 있던 카프카와 전투를 이어가던 다른 대원 모두가 열광했다.
 "이걸로 마지막!"
 마지막으로 남은 여수의 핵을 키코루의 총탄이 꿰뚫었다. 이것으로 주변 일대의 여수 토벌이 완료되었다. 신입 대원들 사이에 안도가 퍼져나갔다.
 그러나 마치 그런 여운을 깨트리듯이 쿠궁 하는 커다란 땅울림이 울렸다.
 "큭?! 뭐지?!"
 강렬한 충격에 서 있지 못하고 카프카는 손으로 땅을 짚었다. 괴수가 걸어갈 때 생기는 땅울림과는 종류가 다른 듯 느껴졌다. 그보다는 뱃속에 울리는 듯한 진동이다.

발밑에 금이 가고 땅이 솟아올랐다. 땅울림은 카프카 일행의 수직 아래 방향에서 들려오고 있었다.

"이게 뭐야? 무슨 일인 거지……?!"

키코루조차 상황을 파악하지 못하고 있었다.

'……설마!'

여기까지 온 뒤에야 카프카는 겨우 깨달았다.

"다들 여기서 도망쳐!"

카프카의 목소리에 반응한 대원들이 도망치기 시작한 직후, 쿵 하고 대지가 하늘로 떠올랐다. 주변이 짙은 토사의 비에 덮여 아무것도 보이지 않았다.

「전원 경계하세요! D 지구 북동쪽에 고에너지 발생 확인!」

오퍼레이터의 통신에 카프카는 모든 것을 이해했다. 어째서 유체인 어류계 괴수가 상륙한 것인지. 그것은 괴수가 목숨의 위기를 느끼고 한시 빨리 호수에서 도망치려 했기 때문이었다. 아마도 본수가 이 호수에 자리 잡기 전, 그야말로 수십 년도 더 전부터——이 호수에 다른 대형 괴수가 숨어 있던 것이리라.

「추정 포티튜드는…… 7.1!」

이윽고 흙먼지가 가라앉으며 그것이 모습을 드러냈다. 전체 높이가 50미터는 돼 보이는 거대한 체구. 몸의 빛깔은 회갈색으로, 마치 뱀과 같은 가느다랗고 긴 형태였지만 그 굵기는 통나무처럼 굵었다. 빨판 같은 다리가 몸통에 붙어 신체를 떠받치고 있다. 머리에는 보석처럼 빛나는 푸른 눈이 몇 개나 박혀 있었다.

괴수가 빨판을 사용해 전진하기 시작했다. 발밑에 있는 나무를 짓밟으며 시가지 쪽으로 이동한다.

"선배, 저건······?!"

질문하는 레노에게 카프카가 대답했다.

"아마도 어류계 괴수의 일종일 거야!"

"어류계?! 저게요?!"

"여름잠인가 하는 생태(生態)일 거야! 도로 공사 때문에 땅을 파내면 근처에 물이 없는 곳이어도 가끔 어류계 괴수가 나올 때가 있어!"

여름잠은 폐어라는 물고기에게서 보이는 특성인데, 신체를 점막으로 덮음으로써 건조 상태로부터 몸을 지키는 기능이 있었다.

과거에 이 땅에 찾아왔던 괴수가 사람들이 발견하지 못할 만큼 깊은 땅속에서 여름잠에 들었다. 그리고 최근에 사족보행 어류계 괴수가 둥지를 틀었다. 그렇게 증식한 어류계 괴수가 잠들어 있던 괴수를 깨우고 말았다. 그 존재를 두려워한 유체가 앞다투어 이 호수에서 탈출을 꾀했던 것이다.
「괴수가 후지 카와구치코마치 나가하마에 상륙! 사이호 방면으로 이동!」

신입 대원들의 얼굴에 불안이 퍼졌다. 괴수의 진행 방향은 피난이 충분히 완료되지 않은 곳이다. 이곳에서 막지 않으면 주민들 쪽에서 큰 희생이 나오게 될 것이다. 하지만 호수 반대 방향에 있는 대장과 부대장이 올 때까지 이 괴수를 상대로 과연 버틸 수 있을까——?

그런 불안을 날려버리는 듯한 한 발의 총성이 울렸다. 키코루가 총을 겨누고 있었다.

"그렇다면 더더욱 우리가 막아야지 않겠어?"

"동감이다, 시노미야!"

하루이치와 아오이도 총을 쏘기 시작했다. 신입 중에서는 톱클래스의 해방 전력을 가진 세 사람에 의한 총격이 이어지며 괴수의 체표에서 폭발이 일어났다.

"선배, 저도 갈게요!"

그들에 감화되어 레노를 포함한 다른 신입들도 사격을 시작했다.

그러나 괴수는 이동을 멈추지 않았다. 모기에 물린 정도로밖에 생각하지 않는 것일지도 모른다.

'제길. 이대로는 돌파당할 거야……!'

 뒤에서 전투를 지켜보던 카프카가 이를 악물었다. 이곳에 괴수의 이동을 저지할 수 있는 전력은 없다. 하지만 방법이 딱 하나 있었다.

'내가 괴수화하면——!'

 그때, 괴수의 복부에서 한층 큰 폭발이 발생했다. 괴수는 그제야 겨우 이동을 멈췄다. 총탄은 카프카보다 뒤쪽에서 발사된 것이었다.

 뒤를 돌아보자 동기인 이하루가 있었다.

"이하루!" 레노가 외쳤다.

"오래 기다렸지? 너만 멋있는 모습 보이게는 안 둬!"

 이하루 등의 원호 사격이 괴수에 명중해 체표가 폭발했다.

"……나 참. 그런 말을 하고 있을 때가 아니라고요!"

 말은 그렇게 했지만, 레노의 얼굴에는 엷은 미소가 떠올라 있었다.

 이하루만이 아니다. 그 뒤쪽으로 이카루가 소대장을 필두로 한 다른 선배 대원들도 모여 있었다. 반대 방향인 시가지에 배치됐던 소대가 어떻게 이렇게 빨리 이곳에 와 있는 걸까?

'어떻게 된 거지?! 그 거리면 더 시간이 걸릴 텐데——.'

 카프카의 의문에 답하듯이 호시나에게서 통신이 들어왔다.

「다들 들리나? 지금 그쪽으로 이카루가 소대를 보냈다. 와가츠마 소대, 타카오 소대도 순차적으로 향할 예정이다. 어떻게든 버텨서 그 녀석을 그곳에 잡아두고 있도록.」

'호시나 부대장님, 이미 이 괴수의 존재를 눈치채고 있었던 건가?!'

쾅 하고 전방에 있는 괴수의 머리에서 다시 폭발음이 울렸다. 나카노시마 소대, 이타쿠라 소대, 에비나 소대도 달려왔다. 제3부대의 전력이 점차 집결하고 있었다.

괴수는 완전히 이동을 멈추고 하늘을 향해 몸을 꿈틀거렸다.

"할 수 있어! 아래쪽 다리에 화력을 집중해!"

이카루가 소대장의 호령하에 발밑 빨판 한 지점에 사격이 집중되었다.

그러나 카프카는 무언가 위화감을 느꼈다. 괴수의 신체는 두꺼운 피하지방에 덮여 있어 총탄은 깊은 곳까지 닿지 않는다. 그런데도 이동을 멈춘 이유는 대체——.

카프카는 하늘로 뻗은 괴수의 벽안이 푸른 빛을 발하고 있다는 걸 깨달았다.

「목표 머리에 고에너지 반응! 전원 실드!」

오퍼레이터의 통신이 들어왔다.

"!"

카프카는 순간적으로 그 말에 따라 실드를 펼쳤다.

키이이잉—— 하고 날카로운 금속음 같은 것이 울려 퍼졌다.

건물이, 땅이, 호수가 솟구쳤다. 괴수 머리에 있는 유니 기관이 발산한 고에너지가 대원들을 덮쳤다. 카프카도 예외는 아니어서 아득히 먼 곳으로 날려가 버렸다.

"컥……!"

몸이 땅을 굴렀다. 머리 위에서 쏟아지는 토사가 섞인 호우 속에서 카프카는 어떻게든 몸을 일으켰다. 조금 전까지 끊임없이 이어지던 사격음이 완전히 멈춰 있었다. 흙먼지 속에서 괴수의 거대한 실루엣이 우뚝 솟아 있었다.

'뭐가 이렇게 커……?'

괴수와 인간——그 압도적인 힘의 차이를 카프카는 재차 실감했다.

"으으……."

카프카의 가까이에서 신음이 들렸다. 시선을 돌리자 한 대원이 쓰러져 있었다. 전선에서 싸우고 있던 것이리라. 팔에 부상이 있는 듯했다.

카프카는 즉시 구호작업에 들어갔다. 팔을 다쳤지만 의식은 멀쩡하고 달리 눈에 띄는 외상도 없다. 목숨에 지장은 없는 듯했다.

치직…… 하고 통신이 들어왔다. 들려온 것은 호시나의 목소리였다. 조금 전의 충격파로 통신기가 망가졌는지 노이즈가 심해 전혀 알아들을 수 없었다.

다시 머리 위로 푸른 빛이 보였다. 우뚝 솟은 괴수의 눈이 발광하고 있었다.

치직, 이번엔 오퍼레이터의 잡음 섞인 통신이 들어왔다.

「재…… 목표…… 에 고에너지 반…… 음!」

'연발——!'

실드를 펼친 상태에서도 날아갔다. 이대로 계속 당하면 부상으로 움직이지 못하는 대원들은 어떻게 될까? 그야말로 괴멸 상태가 되는 것은 아닐까——.

카프카는 주먹을 쥐고 결의를 굳혔다.

'미안하다, 이치카와, 키코루. 너희는 막았지만, 난——!'

찌릿찌릿하고 주변 대기가 마치 폭발하듯 울렸다. 변신하려는 그 순간——카프카는 보았다.

괴수의 등 뒤로 펼쳐진 카와구치호 수면에 한 줄기의 파문이 달려오고 있었다. 아직 남아 있는 어류계 괴수인가 했지만, 아니다. 호수 위를 달리고 있는 것은 모터보트였다. 커다란 케이스를 짊어진 그림자가 크게 점프했다. 피어오르는 연기 사이를 빠져나와 뛰쳐나온 건 호시나였다.

호시나는 괴수의 몸으로 점프해 올리탄 다음, 머리까지 달려 올라갔다.

'이만한 대형이 숨어 있었을 줄이야. 예상 밖이야.'

푸르게 발광하는 안구가 주변을 비추었다.

"그렇게 안 둔다. 호시나류 도벌술 6식."

뛰어올라간 호시나는 괴수의 정수리로 뛰어올랐다. 안구를 향해 칼을 휘둘렀다.

"팔중 베기!"

괴수의 머리가 갈라지고 혈액이 피어오르는 것과 동시에 공기를 진동시키는 절규가 울려 퍼졌다. 공격에 당해 꿈틀거린 탓에 충격파는 공중으로 퍼졌다.

"머리를 날려버릴 생각으로 한 거였는데! 이래서 대형 괴수는 안 된다니까."

지면에 착지한 호시나는 연기 속에서 키코루의 모습을 발견했다. 괴수의 공격에 순간적으로 실드를 펼치고 계속해서 최전선에 있던 것이리라.

"마침 딱 좋은 곳에 있구나, 시노미야."

"호시나 부대장님! 등에 있는 그건——."

총을 겨누고 있던 키코루가 눈을 크게 떴다.

"조금 전에 이즈모 테크스에서 도착했거든. 나 참. 뭐가 이렇게 무거워? 코앞도 안 보이는 이런 먼지 속이니 시연식이라고 하긴 힘들겠지만——한바탕 날뛰는 정도는 괜찮겠지."

키코루가 케이스를 받아 열었다. 안에 수납된 것은 전용 무기인 칠흑색 대형 도끼, 'Ax-0112'.

"전원 태세를 정비하도록. 거리를 충분히 벌리고 타깃을 괴수의 머리로 좁혀 사격한다. 고에너지 탄을 경계하면서 저 녀석을 D 지구 동부 공원으로 유도하라! 나와 시노미야 둘이 이 괴수의 발밑을 무너트리겠다!"

「네!」 대원들이 외쳤다.

호시나와 키코루는 동시에 뛰쳐나갔다. 도끼를 쥐고 트리거를 당기자, 전방으로 발사된 거대한 충격파가 괴수를 찢어발겼다.

"벌써부터 자유자재로 다루고 있군. 자——나도 가볼까."

그 옆에서 호시나가 칼을 뽑아 빨판에 상처를 내기 시작했다. 그 여파에 디디고 선 곳이 파괴되면서 괴수의 움직임이 명백히 둔해졌다.

이어서 괴수의 머리에서 폭발이 발생했다. 다른 대원들도 이미 태세를 정비한 상태였다.

카프카의 귓가에 호시나의 지시가 들려왔다.

'괴수를 공원으로 유도……!'

흙먼지로 시야는 여전히 안 좋아 목표 지점을 살펴보는 것이 불가능했다. 지도를 확인하자 유도 지점은 400미터 가까이 떨어져 있었다. 괴수가 괴롭다는 듯이 몸을 비틀었다. 호시나에 의해 찢긴 머리 때문에 방향 감각을 잃은 듯했다.

'이런 상황에서 400미터나 이동해야 한다고?! ……잠깐. 여름잠을 자는 어류계 괴수는 분쿄 구에서 해체해 본 적이 있다. 그때는 분명…… 이이다 해체였어! 그렇지!'

카프카는 장비하고 있던 섬광폭음탄을 꺼내 들었다. 전력을 해방해 그것을 온 힘을 다해 투척했다. 고작 1%. 하지만 1%다. 섬광폭음탄이 하늘 높이 날아 섬광과 굉음이 터져나갔다. 괴수의 푸른색 눈이 그쪽을 향했다.

'역시!'

카프카가 서둘러 오퍼레이터에게 연결했다.

"여긴 히비노! 과거에 같은 계통의 괴수를 처리했을 때, 이 괴수에는 양성 주광성이 있었습니다! 아마 이번 괴수도 같은 특성이 있을 겁니다!"

양성 주광성이란 빛이 있는 방향을 향해 움직이려고 하는 성질을 뜻한다. 과거에 카프카가 처리했던 어류계 괴수는 심야 시각에 분쿄 구에 출현했다. 유원지의 빛에 끌려왔던 것이다.
「과거 사례를 확인했습니다. 히비노 대원의 의견대로 같은 계통의 괴수에게서 양성 주광성 확인! 전원에게 알립니다. 섬광폭음탄으로 유도할 수 있으리라 여겨집니다!」
"라저!"
 공원을 향해 차례차례 섬광폭음탄이 투척되었다. 눈 부신 빛과 소리에 괴수가 반응했다. 중간에 괴수의 머리가 몇 번이나 빛을 발했지만, 공격은 불발에 그쳤다. 호시나의 참격이 통한 것이다.
 괴수가 넉넉잡아 400미터 정도 이동했을 때——.
「딱 좋군. 전원 거리를 벌리도록!」
 호시나의 지시가 날아들었다. 대원들은 괴수에게서 거리를 벌렸다. 카프카는 그 안에서 레노의 모습을 찾아냈다. 키코루도 괴수 발치 근처에서 뛰쳐나왔다.
"선배! 무사하셨군요."
"이치카와! 너도 괜찮으냐!"
"통신 들었어. 섬광폭음탄, 공적을 세웠네."
"너도…… 아니, 등에 진 그 커다란 케이스는 뭐냐?!"
"이거? 시연식은 다음으로 미뤄지려나? 딱히 내게 맞는 디자인은 아니란 말이지."

불만이 있는 듯했지만, 어째서인지 기뻐 보인다.

"그보다 이치가와, 지금 어떻게 되고 있는 기냐? 통신이 안 좋아서 호시나 부대장님의 작전 설명이 들리지 않았어. 어째서 괴수를 공원으로 유도한 건데?"

"……성공적으로 유도하면 뒤는 대장님께서 맡으실 거라고 했어요."

"대장님이면 미나가? 설마——."

호시나의 통신이 울렸다.

「전원 수고했다. 유탄에 조심하도록.」

직후, 괴수의 몸통 일부가 날아갔다. 살점이 뒤에 있는 산까지 날아갔다.

카프카는 탄이 날아온 방향, 카와구치호 중앙을 보았다. 그곳에는 우노시마라는 작은 무인도가 떠 있다. 하늘을 덮은 회색 비구름에 절단선이 생겨나, 쏟아지는 한 줄기의 빛이 우노시마를 비추었다. 그 섬에 아시로가 서 있었다. 거대한 포신이 빛을 반사해 반짝 빛났다.

"미나……!"

우노시마와 공원을 연결하는 사선 끝에는 산이 있어서 설령 탄이 빗나간다 해도 도시에 큰 피해가 나오지 않는다. 또한 괴수의 살점이 흩어져도 민가의 피해를 억제할 수 있다. 그것을 고려해 공원까지 유도했던 것이다.

'이것이 괴수 토벌의 프로——일본 방위대 제3부대인가……!'

아시로가 제2탄을 발사했다. 포탄은 괴수의 두꺼운 몸통을 뚫고 뒤에 있는 산까지 날아갔다. 그 위력은 조금 전 호수 내에서 어류계 괴수에게 쏜 것보다 훨씬 강했다. 카프카는 아시로가 힘을 아끼고 있었다는 걸 뒤늦게 깨달았다.

"상당히 멀어져 버렸네……."

과거에 옆에서 싸우자고 맹세한 사이다. 그러나 그녀는 방위대에 들어가 대장 자리에까지 올랐다. 반면, 카프카는 최근에야 정규 대원으로의 승격이 정해졌다.

'하지만, 그래도——.'

카프카는 주먹을 쥐었다. 아시로가 제3탄을 장전, 발사했다.

'가까워지고는 있어. 두고 봐, 미나……!'

탄환은 빗나가는 일 없이 괴수에게 직격, 그대로 머리를 날려 버렸다.

「본수의 생체 반응, 소실했습니다!」

머리를 잃은 괴수의 몸에서 힘이 빠져나가며 공원을 향해 쓰러져갔다. 모두 작전대로다.

대원들 사이에 드디어 안도의 표정이 번졌다. 그러나 오퍼레이터는 심각한 목소리로 외쳤다.

「……?! 새, 생체 반응! 미약한 생체 반응 캐치! 이건…… 방위대원의 것이 아닙니다! 민간인입니다! 미처 도망치지 못한 민간인이 있단 말이야……?!」

「뭐라고?!」 놀라 외치는 호시나의 목소리.

「어째서지? 일대의 피난이 완료됐는데! 안 돼, 이래선 늦어!」

괴수는 지면을 향해 천천히 쓰러지고 있었다. 흙먼지 속에서 정말로 인영이 보였다.

"……윽!"

정신을 차렸을 때, 카프카는 이미 달리고 있었다.

"앗! 선배?!"

레노의 제지도 듣지 않고 연기 속으로 돌진했다.

6

"으아아아아아아아아아아아악!"

고층 빌딩에 필적할 정도로 거대한 괴수가 쓰러져온다. 남자는 죽음을 확신했다. 어떻게 해도 도망칠 수 없다. 자신의 몸은 종이처럼 뭉개져서 신원도 확인할 수 없을 것이다.

남자――취재팀 디렉터의 뇌리에 주마등이 스쳤다. 그의 부친은 저널리스트였다. 다양한 괴수 영상을 카메라에 담아내

업계 내에서 유명했다. 그러나 1972년, 삿포로에서 훗날 괴수 2호라 불리게 된 괴수를 촬영하면서 목숨을 잃었다.

그는 아버지를 동경해 여러 괴수를 촬영해 왔다. 그러나 옛날이라면 몰라도 지금은 가까운 곳에서 괴수를 촬영하는 것, 특히 대형 괴수를 촬영하는 행위가 엄격하게 금지되었다.

이번에 제3부대에 취재를 신청한 것도 괴수를 가까이에서 찍고 싶었기 때문이었다. 혹시 현장에 동행하게 되면 횡재하는 거라고 생각했다. 결국 현장 출입은 불가능했지만, 이런 기회를 놓치는 건 말이 안 된다. 괴수의 출현 지점 반대쪽으로 숨어 들어 드론을 띄웠는데——설마 그 지점으로 이동해 올 줄은.

'죽는다……. 나, 이런 곳에서 죽는 건가? 누가 구해——.'

괴수가 가까이 덮쳐 왔다. 남자는 굳게 눈을 감았다.

다리를 부분 변신——카프카는 연기 속을 달려 빠져나갔다. 연기를 빠져나오자 전방에 사람의 모습이 보였다. 땅에 주저앉아 있는 그는 제3부대 취재팀 디렉터였다.

'어째서 저 사람이……?! 아니, 그런 건 아무래도 좋아!'

괴수가 남자의 머리 바로 위로 덮쳐왔다. 카프카가 땅을 박차고 점프. 그와 동시에 변신하여 완전히 괴수 8호가 되었다. 주먹을 쥐고 크게 휘두르자, 몸에서 눈부신 빛이 방출되었다.

주변에 드론이 날고 있었지만, 상황을 살필 여유가 없었다.

"우, 오오오오오오오오오오오오오오!"

측면 치기——카프카는 혼신의 힘을 다해 괴수를 후려갈겼다.

어마어마한 충격이 일대를 뒤덮으며 주변이 커다란 폭풍에 휩싸였다.

일격.

무너져 내리던 괴수의 사체가 일격에 날아가 카와구치호 방향으로 갈가리 찢겨 흩어졌다. 펀치에 날아간 살점이 떨어지며 주변 일대에 피의 비가 내렸다. 카프카는 디렉터를 끌어안고 대원들이 없을 것 같은, 유도 장소의 반대 방향으로 향했다.

민가 벽에 기대 디렉터를 눕혔다. 그저 기절했을 뿐인 것 같았다.

"후우우……."

숨을 토하자 등 뒤에서 소리가 들렸다. 카프카의 뇌리에 사가미하라 사건 뒤 호시나와 교전했던 기억이 스쳤다.

'위험해!'

그렇게 생각해 그늘에 숨으려다 찾아온 인물을 보고 카프카는 가슴을 쓸어내렸다. 레노와 키코루였다. 둘 다 전속력으로 이쪽을 향해 달려오고 있었다.

"이치카와! 키코루도——."

마중을 나와 줬다는 생각에 카프카가 두 사람에게 손을 흔들었다.

그리고——.

"이게 무슨 짓이야—!!"

"대체 뭐 하는 건데?!"

"꾸엑————?!"

만나자마자 레노와 키코루 두 사람의 펀치가 얼굴에 박혀 들어갔다. 카프카는 볼을 누르며 땅바닥에 주저앉았다. 올려다보니 두 사람의 눈초리가 올라가 있었다. 여태 본 적 없을 정도로 분노한 표정이다.

"히, 히익……! 둘 다 갑자기 왜 그러는데……?"

"됐으니까 어서 괴수 변신을 풀어주세요!!"

"그, 그래. 미안, 미안. 자, 됐지!"

"미안하다고 할 때야? 당신, 자기가 무슨 짓을 했는지 알고는 있어?!"

"괜찮으세요? 우리 말고 누가 본 건 아니죠?"

"그래. 아무도 없어. 물론 드론 한 대가 옆에서 날고 있긴 했지만……."

"드론?!"

레노와 키코루 두 사람의 눈이 휘둥그레졌다.

"그래. 아마 이 사람이 띄운 거겠지. 하지만 괜찮을 거야! 펀치의 충격으로 날아가 버린 모양이니까. 아마 영상도 안 남았을걸?"

엄지손가락을 세우는 카프카. 그러나 레노와 키코루는 진지한 얼굴로 대화를 나누기 시작했다.

"곤란해졌어……."

"그래. 어떻게든 해야 해……."

"음? 왜 그래? 드론은 망가졌으니까 문제없어! 아마 회수도 못 할 만큼 박살 났을 거야. 내 정체는 누구에게도——."

"선배, 요즘 카메라는 데이터를 컴퓨터에 전송할 수 있어요."

"……응?"

"드론도 실시간으로 그게 이루어지고 있을걸요? 부서졌으니 녹화는 정지됐겠지만, 영상은 파괴되기 직전까지 클라우드에 확실하게 저장돼 있을 거라고요."

"그, 그럼…… 그 말은—?"

아직 완벽하게 이해하진 못했지만, 카프카는 핏기가 가시는 것이 느껴졌다.

"히비노 카프카. 당신이 변신하는 장면은 동영상에 그대로 남아 있어!"

"어?" 그제서야 자신이 놓인 상황을 파악했다. "에에에에에에에에엑?! 어떡해? 나 어떻게 되는 거야?! 어떻게 돼 버리는 거냐고?!"

"제가 할 말이거든요?!"

"어떻게든 데이터를 지울 수밖에 없어."

"으, ㅇ으음……"

벽에 기대 잠들어 있던 디렉터가 깨어났다. 눈앞에 있는 카프카 일행을 보고 몇 번인가 반복해 눈을 깜빡였다.

"여긴……? 나, 사, 살아 있나? 너희가 구해준 거야?"

확실히 그를 구한 건 카프카지만, 그건 괴수 8호로 변신한 상태에서 벌어진 일이었다.

"아, 아니. 저기, 그건——."

횡설수설하는 카프카를 키코루가 밀어냈다.

"네. 다친 곳이 없어 보여 정말 다행입니다. 그런데 공영 방송국의 직원이라면 충분히 잘 알고 계시겠지만, 여긴 민간인의 출입이 금지돼 있습니다. 촬영한 영상을 반납해 주실 수 있을까요?"

청산유수로 이야길 꺼내는 키코루. 옆에서 보고 있는 카프카는 저도 모르게 감탄해 버렸다. 하지만 저쪽 입장에서는 위험을 무릅쓰고 찍은 영상이다. 순순히 넘길 거란 생각은 할 수 없었는데——.

디렉터가 한숨을 쉬었다.
"……알았다. 동영상 데이터를 제출하지."
"하긴 그렇지. 그렇게 쉽게는……. 어, 괜찮으신 겁니까?"
카프카는 저도 모르게 크게 외쳤다. 고분고분한 모습에 놀라고 말았다.
"……아무래도 이런 방법으로 찍은 걸 방송에 내보낼 순 없으니까. 방위대에서 도움이 되는 곳에 써 주게."
카프카는 밝은 얼굴로 레노와 키코루에게 말을 걸었다.
'오, 오오! 해냈다, 이치카와, 키코루! 뭔가 잘 모르겠지만 잘 풀렸어!'
''잘 모르겠지만'이 아니잖아!'
'다음엔 조심하세요……라고 해도 이 사람에겐 소용없겠지.'

디렉터는 속닥거리며 이야기하는 세 사람의 뒷모습을 바라보았다.
'히비노 카프카 대원……이라.'
솔직히 말해 취재 중에는 영 시원찮아 보이는 남자였다. 호시나는 개그 요원이라며 시치미를 뗐고, 훈련도 언제나 최하위였으며, 채용된 이유도 의문이었다. 그런 그가 자신을 간호해 줬다니, 신기한 일도 다 있는 법이다.

위험을 무릅쓰고 찍은 영상을 카프카 일행에게 순순히 건넨 이유는 오직 하나. 남자는 이미 목적을 달성했기 때문이다.
 '……난 괴수를 찍고 싶었어. 하지만 그게 다는 아니야.'
 그의 아버지는 현장에서 목숨을 잃었다. 만약 그곳에 방위대원이 달려와 줬다면 아버지는 살았을지도 모른다. 남자가 원한 것은 그런 구원이다.
 '난 방위대원이 사람을 구하는 모습을 찍고 싶었어.'
 그랬기에 방위대에 취재를 요청했고 현장에까지 숨어들었다. 결과적으로 큰 사고를 일으켰으니 자신은 합당한 처벌을 받게 되겠지만——.
 '뭐, 이 한 장을 건졌으니 됐지.'
 디렉터는 가슴 주머니에서 펜을 꺼냈다. 얼핏 보면 문구로밖에 보이지 않지만, 끝에 비디오카메라가 달려 있다. 아직도 대화 중인 세 사람의 뒷모습을 향해 녹화 버튼을 눌렀다.

 레노는 디렉터에게서 압수한 노트북을 들어 옮겼다. 뒤를 보니 카프카가 디렉터를 부축하며 뒤처져서 걸어오고 있었다.
 "……영상을 확인했는데, 선배는 찍혀 있지 않아. 아슬아슬하게 화면에서 벗어나 있었지. 이대로 본부에 제출해도 괜찮을 것 같아."

"운이 좋았네. 이건 정말 천운이었어. ……나 참. 레노, 네 쪽에서도 귀에 딱지가 앉을 때까지 말해 둬. 다신 사람들 앞에서 변신하지 말라고. 이번에도 많은 대원 앞에서 변신하고 말이야. 들키지 않은 게 기적이지."

"……벌써 수십 번은 말했어."

"아— 저 녀석은 정말……." 키코루가 한숨을 쉬었다.

"게다가 이젠 너도 알잖아. 선배는 누가 말한다고 어떻게 되는 사람이 아니야. 필요하다고 생각하면 분명 몇 번이든 변신할걸?"

"……그렇지. 연습장에서도 그랬고."

"사가미하라 때도."

두 사람은 동시에 한숨을 내쉬었다. 둘은 이미 히비노 카프카가 어떤 사람인지를 충분히 이해하고 있었다. 자신이 어떻게 될 것인지를 고민하기 전에, 저 남자는 망설이지 않고 변신해 버린다.

'선배는 그런 사람이야. 그런 선배가 변신하지 않아도 되도록 나는——.'

'히비노 카프카가 어떻게, 어떤 원리로 괴수로 변하는지는 알 수 없어. 괴수에 의식을 빼앗길 가능성도 있고. 그래도 난 저 녀석을——.'

입 밖으로 꺼내지는 않았지만, 두 사람은 남몰래 결의를 다졌다. 이 방위대에 있어, 아니 일본에 있어, 괴수 8호의 정체를 아는 자로서.

카와구치호 토벌 사건——종결.

STAFFROLL

스탭롤

"어머나, 안녕하세요. 방위대 분인가요?"

시바견을 데리고 있는 노부인이 미소 지으며 가볍게 인사했다. 줄지어 걸어가던 카프카와 레노도 고개를 숙였다.

"안녕하세요. 지금은 순찰 임무 중으로——우읏!"

얌전해 보이는 시바견이었지만, 카프카를 보자마자 크게 짖기 시작했다. 어금니를 드러내 당장이라도 물어뜯을 것 같은 기세다.

"어머, 죄송해라. 평소엔 얌전한 아이인데……."

옆을 지나쳐 한참이 지나서도 개는 계속해서 짖었다.

"뭔가 요즘 작은 동물들이 날 피하고 있는 것 같아……."

"혹시 동물은 본능적으로 선배의 존재를 알아차린 건……."

"나, 앞으로 평생 개나 고양이한테 경계를 받으며 살아야 하는 거야……?"

레노와 카프카 두 사람은 슈트를 입은 채로 타마 강변에서 경계 임무를 수행 중이었다. 카와구치호에 나타난 어류계 괴수는 여수까지 전부 토벌했지만, 숫자가 예상보다 많았다. 강을 따라 다른 지역으로 여수가 도망쳤을 가능성도 생각할 수 있었다. 특히 타치카와에서는 얼마 전 하천부지에서 어류계 괴수가 나타난 적이 있기에 다시금 주변을 조사하고 있는 참이었다.

상류에서 키코루가 걸어와 두 사람과 합류했다.

"수고했어, 시노미야. 그쪽은 어땠어?" 레노가 말했다.

"저쪽에도 없었어. 이쪽 구역은 문제없네. 다음에 순찰할 곳은——."

"너희, 그 전에 어딘가에서 더위 좀 식히고 갈 생각 없냐? 상당히 덥잖냐."

"난 딱히 상관없는데."

"저도 괜찮아요."

두 사람은 그렇게 대답했지만, 카프카의 얼굴을 보고는 마음을 바꿨다. 그의 볼에 커다란 땀방울이 흘러내리고 있었다. 며칠 전의 흐린 날씨가 거짓말인 양 타치카와의 하늘은 구름 한점 없이 푸르렀다. 먼 바다 위에는 봉우리 같은 적란운이 높이 솟아올라 계절은 어느 틈엔가 여름다운 기색이 강해졌다.

"……선배, 잠깐 쉬었다 갈까요?"

"어쩔 수 없네. 하긴 일사병이라도 걸리면 귀찮으니까."

세 사람은 강가에 있는 막과자 가게로 가, 가게 앞 벤치에 앉았다. 카프카는 인원수만큼의 음료수를 사서 가게 앞에 있는 두 사람에게 한 병씩 건네주었다.

"자, 키코루."

"이 병은 뭐야? ……아, 이거 라무네?"

"전에 마셔보고 싶다고 했잖아?"

"마시고 싶다고 한 게 아니라 당신이 마시게 해주겠다고 한 거야. 어쨌든 고마워, 잘 마실게……. 잠깐, 이게 뭐야? 유리구슬이 주둥이를 막고 있잖아?"

"어떠냐, 키코루. 이거 열 수 있겠어? 못 하면 라무네는 못 마신다!"

"이 정도는 할 수 있어. ……이 녹색 뚜껑은 뭐야?"

"푸하하하하하! 애먹고 있구만!"

"애먹지 않았어! 이렇게 눌러서……. 봐! 해냈지?"

짤랑 하고 유리구슬이 떨어지며 탄산이 터지는 소리가 울려 퍼졌다.

"오오, 제법인데?"

"내게 걸리면 별거 아니지!" 키코루는 웃으며 라무네를 입가에 가져갔다. "달아. 응. 하지만 맛있네."

카프카도 라무네 병을 따서 음료를 입에 머금었다. 탄산과 함께 상쾌감이 도는 단맛이 목구멍을 통과해 몸을 적셨다. 라무네를 마시는 게 대체 몇 년 만일까? 어렸을 적에 정기적으로 서던 노점이 떠올랐다.

"선배, 그러고 보니 들으셨어요?" 옆에서 라무네 병을 딴 레노가 말했다. "얼마 전에 취재차 왔던 디렉터가 징계 처분을 받았대요."

"엇, 그래?"

"네. 토벌 구역에 무단으로 침입했으니까요. 실제로 목숨도 위험했고요. 카와구치호 토벌 작전이 너무 대대적으로 보도되면서 묻혀버렸지만요."

"……그래도 다행이네. 살아 있어서."

"살아 있어서 다행이라니, 그건 이쪽이 할 말이거든?" 키코루가 카프카를 가만히 노려보았다. "만약 그 비디오에 당신이 찍혔다면 지금쯤 큰 소동이 벌어졌을 거라고."

"으……. 미안하다고 했잖아."

"정신 차려. 이젠 정규 대원이 됐잖아?"

"그래……."

바로 오늘 아침, 카프카는 대장실로 불려 가 제3부대 대장인 아시로 미나에게서 정식 임명을 받고 정규 대원이 되었다.

'히비노 카프카——오늘 이 시간을 기해 정식으로 위 후보생을 방위대원으로 임명한다.'

옆에 서겠다고 약속한 소꿉친구에게 직접 임명받아 카프카는 지금 흥분한 상태였다. 임무에도 한층 기합이 들어갔다.

"좋아! 순찰을 재개하자."
"쉬자고 한 게 누군데. 하여간 금방 들뜬다니까."

 대장실 앞에 선 호시나가 문을 노크했다. 문득 기시감이 들었다. 아시로가 제3부대 대장으로 막 취임했을 때도 마찬가지로 문을 두드렸었다. 다만 그 시절과는 상황이 완전히 다르다. 자신도 지금은 이 부대의 부대장이다.
"실례합니다. 호시나 소우시로, 도착했습니다."
 아시로는 집무실 책상 너머에서 등을 돌리고 서 있었다. 창문 유리를 통과한 빛에 그녀의 실루엣이 붕 떠올라 보였다.
"갑자기 불러내서 미안하다."
"…………."
"왜 그러지? 내 얼굴에 뭔가 묻었나?"
"아, 아뇨, 아뇨. 아무것도 아닙니다."
 당시의 아시로는 얼굴에 아직 어린 티가 남아 있었고, 머리카락은 어깨 길이 정도로만 기르고 있었다. 지금 그녀는 당시와 분위기가 다르다. 물에 젖은 까마귀 깃털 같은 빛깔의 머리카락은 등까지 자라났으며, 서늘한 얼굴은 표정이 딱딱하게 굳어 있는 것처럼 보인다. 아시로가 크게 변했다고 생각하는 자도 있으리라.

그러나 호시나는 안다. 이쪽을 바라보는 그녀의 눈은 그때와 변함없이 올곧다.

"하실 얘기가 뭡니까, 아시로 대장님. 슬슬 출장 갈 시간 아닌지요?"

"그래. 이야기를 마치는 대로 본청으로 갈 예정이다. 며칠 전 카와구치호에 대한 건이다."

"후속 보고 사항이 있습니까?"

카와구치호 토벌 작전──카와구치호 주변에 존재했던 어류계 괴수의 출현. 여수도 다수 출현했지만, 확인된 것은 전부 토벌했다. 근처 육상 자위대의 협력도 있어 시민의 피해는 최소한에 머물렀다. 그래도 도시 부흥에는 어느 정도 시간이 걸릴 것이다.

"분석팀이 보낸 데이터다. 당일 카와구치호 근처에서 계측된 포티튜드지."

아시로가 내민 보고서를 받아 들었다. 시간의 흐름에 따라 변화하는 파형 그래프가 그려져 있었다. 작은 건 여수의 것이리라. 후방에 가서 껑충 올라가는 두 개의 파형. 하나는 어류계 괴수 본수, 다른 하나는 여름잠에 들었던 괴수다. 중요한 건 그 다음, 7.1을 아득히 뛰어넘은 곡선이 있었다.

"추정 포티튜드 9.8……."

"측정 시각은 내 포탄에 직격당한 괴수가 쓰러지기 바로 직전. 그래프를 보면 알 수 있듯이 찰나에 불과해. 오작동, 혹은 괴수가 죽기 직전이었기에 발생한 계측 오류를 의심하고 있지만——."

"괴수 8호네요."

호시나는 즉답했다. 망설임 없이, 단번에.

"그렇게 생각하나?"

"네. 그 자리에 틀림없이 괴수 8호가 있던 거라고 생각합니다. 대장님이 숨통을 끊은 괴수에게 일격을 가하고 전선을 이탈한 거겠죠. 무슨 생각인지는 알 수 없지만——."

"9호의 건도 그렇지만, 위협적이야. 이 건까지 포함해 본부에서 이야기하고 오겠다. 내가 자리를 비운 사이에 이 기지를 맡기도록 하지."

"알겠습니다."

호시나가 아시로에게 경례하고 대장실을 나서기 직전, 아시로가 말했다.

"말하는 걸 깜빡했군. 오늘 아침에 히비노 카프카를 정식으로 임명했다."

"오오, 그 녀석도 이로써 정규 대원이군요. 설마 잘리지 않을 줄이야."

"추천한 건 너였을 텐데?"

"하하, 그랬던가요?" 호시나가 깔깔 웃었다.

"방송국에서도 감사 메일이 도착했다. 이치카와, 시노미야, 그리고 히비노 세 사람이 자신을 구해줬다더군."

'세 사람……?'

카와구치호에서 이루어진 구조활동은 레노에게 보고받았다. 보고서에서는 키코루와 둘이 디렉터를 구했다고 되어 있었다. 여기에 왜 그가 추가되는 것일까?

'그 자리에 있던 카프카의 존재를 지웠다고? 대체 왜 그런 짓을……'

카프카와 괴수 8호——순간, 호시나의 머릿속에서 무언가가 이어질 뻔했다. 하지만 곧이어 머릿속에 히비노 카프카의 일상이 떠올랐다. 임무에서는 여수를 한 마리도 쓰러트리지 못하고, 훈련에서도 실수만 연발하는 그의 모습.

'……그럴 리 없, 겠지.'

호시나가 한순간 품은 위화감은 뚜렷한 형태를 이루지 못하고 즉시 안개처럼 흩어졌다.

그날 밤, 오락실에 많은 대원이 모였다. 평소에는 자체적인 훈련을 하는 아오이까지 웬일로 얼굴을 내밀었다. 모두의 시선은 TV 화면에 쏠려 있었다.

긴급 뉴스가 편성되지만 않는다면 오늘 밤에 특집 방송이 방영될 거라는 통지가 있었던 것이다. 카프카는 뒤에서 긴장한 상태로 화면을 바라보았다. 옆에서는 레노도 안절부절못하고 있었다.

"이치카와, 내가 나오긴 할까……?"

"선배는 인터뷰도 했으니까 충분히 가능성 있어요."

"히비노 카프카…… 당신이 걱정해야 하는 건 다른 거잖아."

옆에서 키코루가 작은 목소리로 말했다. "만에 하나라도 괴수화하는 장면이 찍혔으면 일대 스캔들이야."

"괜찮겠지. 그런 실수는 안 해! ……아마도."

"자신감 없어졌잖아……."

듣다 보니 불안해지고 말았다. 만에 하나라도 부분 변신 장면이 찍히기라도 했다면――그런 생각을 하고 있자니 카프카의 위가 욱신욱신 아파왔다.

"오, 시작한다!"

TV 앞에서 진을 치고 있던 이하루가 외쳤다.

캐스터의 뒤로 대장인 아시로의 얼굴이 비치고 있었다.

「이어서 특집을 보내드립니다. 아시로 미나 대장이 이끄는 일본 방위대 제3부대. 그 부대에는 올해 스물일곱 명의 대원이 입대했습니다. 신입 대원들의 가혹한 훈련 생활을 밀착 취재하였습니다.」

오오 하고 일동 사이에 술렁임이 번졌다.

"스물일곱 명이라니……. 난 포함 안 된 거 아냐?"

"그야 임명 전이었으니까요."

처음에 비친 것은 사격 훈련을 하는 모습이었다. 대원들이 총을 견착하고 있는 모습으로 시작해, 연달아 타깃을 명중하는 키코루가 나왔다.

"아, 키코룽이다!" 아카리가 기뻐하며 외쳤다.

그 뒤로도 한동안 키코루가 훈련하는 영상이 계속해서 이어졌다.

"너, 분량이 어마어마하게 뽑혔구나." 카프카가 저도 모르게 신음했다.

"당연하지. 성적도 톱이고, 무엇보다도 그림이 살잖아?"

후훗 하고 키코루가 의기양양한 얼굴로 가슴을 폈다.

"아니, 잠깐. 나도 옆에서 사격 훈련을 하고 있었으니까 영상에 나올지도——."

카프카의 가슴이 기대로 두근거렸지만.

「작년 시험은 역대 최고 수준의 난이도. 선발된 스물일곱 명은 입대한 지 얼마 되지 않았다고는 생각할 수 없는 움직임을 보여주고 있습니다.」

"아, 사격 훈련 부분이 끝났네요." 레노가 말했다.

"이치카와, 뭔가 노골적으로 나만 안 찍힌 것 같지 않냐?"

"당신이 찍히면 역대 최고 수준의 난이도였다는 말에 설득력이 사라지잖아."

"윽……!"

키코루의 말이 파고 들어와, 카프카는 저도 모르게 가슴을 움켜쥐었다.

이어서 신입 대원들의 인터뷰 장면으로 넘어갔다.

상반신 모습이 화면에 제일 먼저 비친 것은 레노였다.

"오, 이치카와다!" 카프카가 외쳤다.

"아……. 첫날 사격훈련 뒤에 찍은 거네요."

자신을 향한 마이크에 대고 화면 속 레노가 늠름한 표정으로 대답했다.

「전 더 강해지고 싶습니다. 소중한 사람을 지킬 수 있도록.」

그것을 보고 앞에서 보고 있던 이하루가 입을 크게 벌리며 웃기 시작했다.

"우와, 레노. 너, 인터뷰하면서 잔뜩 무게 잡았구나~!"

"따, 딱히 잡은 적 없어요!"
레노의 인터뷰가 끝나고 화면이 전환됐다.
이번에 인터뷰를 하고 있는 건 이마에 땀을 흘리고 있는 이하루였다.
"오, 나다!"
화면 속 이하루가 대답했다.
「이런 정도로는 부족해. 난 더 강해질 거야…….」
"……이하루도 똑같은 말을 하고 있잖아요."
"시, 시끄러워!!"
이어서 화면은 장애물 경주로 넘어갔다. 하루이치와 아오이 콤비가 폐허를 빠져나가는 영상이 비쳤다. 아오이가 총을 뽑아 들고 그늘에서 튀어나온 표적을 명중시켰다.
턱을 괴고 있던 하루이치가 그것을 보고 중얼거렸다.
"아오이, 역시 움직임이 딱딱해. 방금 상황은 나였다면 2초는 줄일 수 있었어."
팔짱을 끼고 있던 아오이가 이에 답했다.
"하루이치, 넌 한 번 더 기본으로 돌아가는 게 좋다고 본다. 응용은 기초를 탄탄하게 쌓은 뒤에 해야 해."
"아니, 아오이는 카와구치호에서도——."
"아니, 너야말로——."

그렇게 TV를 제쳐두고 언쟁을 시작하는 두 사람.

이어서 기지 내의 모습이 화면에 떠올랐다. 식당에서 입안 가득 저녁을 먹고 있는 하쿠아, 진지하게 강의를 듣는 아카리, 도장에서 훈련에 힘쓰고 있는 대원들. 자신의 모습이 비칠 때마다 살짝 함성이 올랐다.

그리고 기지 내에 경보가 울리고 출격 준비를 하는 모습이 비쳤다.

특집 방송이 시작된 지 벌써 15분이 넘어, 점차 방송 종료 시각이 다가왔다.

"······저기, 이거."

카프카는 안 좋은 예감이 들었다.

화면에 대장실에서 집무실로 향하고 있는 아시로가 비쳤다.

「방위대원은 언제 어느 때 죽어도 이상하지 않은 가혹한 직업입니다. 전 최전선에서 그들의 방패와 창이 되어 함께 싸우고자 합니다.」

거기서 영상이 멈추고 화면이 스튜디오로 돌아왔다.

카프카가 옆에 있는 레노를 향해 크게 외쳤다.

"저기, 이치카와······. 나, 조금도 나오지 않았는데?!"

"네? 아뇨. 나왔어요."

"뭐? 어디에?! 내가 놓쳤나?!"

레노는 순간 말문이 막혔지만, 나지막하게 말했다.

"도장에서 호시나 부대장님에게 쓰러져 바닥을 구르고 있는 장면이 잠깐……."

"그런 건 지워줘!"

"……그보다 이상한 영상이 없어서 안심했어."

"물론 그건 다행이지만……! 빌어먹을. 두고 봐라. 다음에 또 방송국에서 사람이 오면 나만을 주제로 특집이 편성되게 해 주겠어!"

미나의 옆에 선다——그것이 카프카의 목표이기에.

TV 특집을 통해 자신들의 훈련을 객관적으로 보고 새롭게 알게 된 것들도 있었다. 신입 대원들은 술이 들어가지 않았는데도 서로를 지적해 논의가 점점 뜨거워져 갔다. 어느 틈엔가 오락실에서 왁자지껄한 대소동이 벌어졌다.

그래서 문 그림자에 숨어든 인물을 그 누구도 알아차리지 못했다.

'흠. 내가 끼어들 틈은 없는 것 같네.'

호시나는 조용히 입꼬리를 올리고 그대로 발걸음을 돌려, 홀로 어두운 복도를 걸어갔다.

캐스터의 등 뒤로 카와구치호 토벌 작전 영상이 재생되었다. 레노와 키코루, 그리고 잘리긴 했지만 카프카의 뒷모습이 비치고 있었다. 그것은 디렉터가 마지막에 몰래 찍은 것이었다. 자신을 구해준 세 사람을 기리기 위해 정직 처분을 당하기 전에 억지로 집어넣은 것이다.

 하지만 말다툼을 벌이고 있던 카프카는 전혀 알아차리지 못했다.

 마지막으로 코멘테이터가 이렇게 마무리 멘트를 했다.

「괴수의 출현 빈도가 극히 높기에 일본은 괴수 대국이라고까지 불리고 있습니다. 그런 환경하에서 우리가 이렇게 하루하루를 살아갈 수 있는 건 방위대 대원들의 존대 덕분임을 잊어선 안 됩니다.」

 오락실의 소란은 당분간 잦아들 것 같지 않다.

 타치카와 기지에 입대한 신입——스물여덟 명의 밤은 오늘도 깊어져 갔다.

괴수 8호

밀착! 제 3 부대

괴수 8호
밀착! 제 3 부대

2024년 6월 30일 제1판 제1쇄 발행
2024년 7월 31일 제1판 제2쇄 발행

작가 Naoya Matsumoto, Keiji Ando
번역 유유리

발행인 오태엽
편집팀장 이수춘
편집담당 오진범
미술담당 최진주
표지 디자인 Design Plus
라이츠사업팀 이은선, 조은지, 정선주, 신주은
전략마케팅팀 김정훈, 이강희, 정누리
제작담당 박석주

발행처 (주)서울미디어코믹스
등록일 2018년 3월 12일
등록번호 제 2018-000021
주소 서울 용산구 만리재로 192

인쇄처 코리아 피앤피

KAIJYU 8 GO MICCYAKU! DAI 3 BUTAI
©2022 by Naoya Matsumoto, Keiji Ando
All rights reserved.
First published in Japan in 2022 by SHUEISHA Inc., Tokyo.
Korean translation rights in Republic of Korea arranged by SHUEISHA Inc.
through Shinwon Agency Co. and The Kashima Agency.

Korean edition, for distribution and sale in Republic of Korea only.
한국 내에서만 배본과 판매가 가능한 한국어판.

인지는 작가와의 협의하에 생략합니다.
잘못된 책은 구입하신 곳에서 교환해 드립니다.
문의 (02)2198-1736